Les mille et une farces d'Emil

Astrid Lindgren

Astrid Lindgren, née dans une ferme suédoise en 1907, commence à écrire en 1944. Elle apporte alors à la littérature pour les enfants fantaisie et chaleur. Elle marque encore aujourd'hui la littérature suédoise et internationale. En 1958, elle a reçu le prix Andersen. Astrid Lindgren est décédée en 2002.

Du même auteur :

- Les farces d'Emil
- Les nouvelles farces d'Emil
- Fifi Brindacier
- Fifi à Couricoura
- Fifi Princesse
- Les frères cœur-de-lion

- Karlsson sur le toit
- Le retour de Karlsson sur le toit
- Le meilleur Karlsson du monde
- Mio, mon Mio
- Ronya, fille de brigand

ASTRID LINDGREN

Les mille et une farces d'Emil

Nouvelle traduction du suédois par Alain Gnaedig
Illustrations de Björn Berg

L'édition originale de ce roman
a paru en langue suédoise chez Raben & Sjögren,
sous le titre :
Nya hyss av Emil i Lönneberga

© Saltkråkan AB/Astrid Lindgren, 1952.
© Björn Berg.
© Hachette Livre, 2008, pour la traduction.

Dans tout Lönneberga, dans tout le Småland, dans toute la Suède et, qui sait, peut-être même dans le monde entier, on n'a jamais trouvé de garçon qui ait fait plus de farces et de bêtises qu'Emil. Emil habitait à la ferme de Katthult, au village de Lönneberga, dans le Småland, il y a longtemps. Qu'Emil soit devenu président du conseil communal une fois grand, cela tient du miracle, mais il est vraiment devenu président du conseil communal et le plus chic type de tout Lönneberga. Tu te rends compte, on voit que même les pires garnements peuvent grandir et devenir des gens très bien avec le temps, et je trouve que c'est chouette, si on y pense. Tu ne trouves pas ? Car, enfin, tu as bien fait des bêtises et des farces, toi aussi, pas vrai ? Comment ça, non ? Aucune ? Comment ai-je pu me tromper autant ?

Alma Svensson, la maman d'Emil, consignait toutes ses farces et toutes ses bêtises dans des cahiers bleus qu'elle cachait dans le tiroir de son secrétaire. Pour finir, le tiroir était tellement rempli de cahiers qu'il était presque impossible de l'ouvrir. Il y avait toujours un cahier qui se mettait de travers et le bloquait. Aujourd'hui encore, les cahiers bleus sont toujours conservés dans le vieux secrétaire, sauf trois qu'Emil a pris un jour où il avait besoin d'argent, et qu'il a essayé de vendre à la maîtresse de l'école du dimanche. Comme elle a refusé de les acheter, Emil en a fait des bateaux en papier qu'il a fait flotter sur le ruisseau de Katthult, et personne ne les a jamais revus.

La maîtresse de l'école du dimanche ne voyait pas pourquoi elle aurait acheté des carnets d'Emil.

— À quoi me serviraient-ils ? demanda-t-elle d'un air étonné.

— Pour apprendre aux enfants à ne pas être aussi épouvantables que moi, répondit Emil.

Oui, oui, Emil savait très bien qu'il était un garnement, et si jamais il lui arrivait de l'oublier, il y avait toujours Lina, la servante de Katthult, pour le lui rappeler.

— Toi, ça ne te sert à rien d'aller à l'école du dimanche, disait-elle. Ça n'a aucun effet sur toi, et puis, de toute façon, t'iras pas au ciel… Sauf si, là-haut, ils ont besoin d'un coup de main pour le tonnerre et les éclairs !

Lina voulait dire que partout où passait Emil, c'était toujours comme une tempête.

— Je n'ai jamais vu un gamin pareil, dit Lina.
Sur ce, elle partit dans le pré avec Ida, la petite
sœur d'Emil. Pendant que Lina s'occuperait de
traire les vaches de Katthult, Ida pourrait cueillir

des fraises des bois. Ida enfila les fraises sur des brins de paille, et elle revint avec cinq pailles pleines. Emil lui en chipa seulement deux, ce qui montre bien qu'il n'était pas si méchant que ça.

Tu vas peut-être croire qu'Emil avait envie de les accompagner dans le pré. Eh bien non. Lui, il avait envie de quelque chose de plus énergique. Il prit sa gampette, son escopette, il fonça à l'enclos des chevaux, sauta sur le dos de Lukas et partit au galop entre les noisetiers, faisant voler les mottes de terre derrière lui. Il joua à « la charge des hussards du Småland ». Il avait vu une photo des soldats dans le journal, et il savait comment les imiter.

Emil n'avait rien de plus cher au monde que sa gampette, son escopette et Lukas. Lukas était son cheval, oui, vraiment, son cheval à lui, qu'il avait gagné à la foire de Vimmerby. Sa gampette était une casquette à visière, assez vilaine, que son papa lui avait achetée. Quant à son escopette, c'était un fusil de bois sculpté par Alfred, le valet de ferme, qui aimait beaucoup Emil. Pourtant, Emil aurait très bien pu sculpter un fusil tout seul. Car s'il y avait quelqu'un de doué pour sculpter le bois, c'était Emil. Mais il faut dire qu'il avait de l'entraînement. Chaque fois qu'il était enfermé dans la menuiserie après une bêtise ou une farce, il sculptait un drôle de petit bonhomme en bois. Au total, il en a réalisé trois cent soixante-neuf, que l'on peut admirer aujourd'hui encore, sauf un, que sa maman a enterré derrière les groseilliers, car il ressemblait trop au pasteur. « On ne peut pas montrer le pasteur comme ça », avait dit la maman d'Emil.

Voilà, tu sais à peu près à quoi ressemblait Emil. Tu sais qu'il faisait des farces et des bêtises toute l'année, été comme hiver, et comme j'ai lu tous ces cahiers d'exercices bleus, je vais te raconter quelques journées dans la vie d'Emil. Tu verras qu'Emil a aussi fait de bonnes choses. Il faut être juste, et ne pas se concentrer seulement sur ces bêtises épouvantables. D'ailleurs, elles n'étaient pas toutes épouvantables, il a également commis des petites farces innocentes. C'est seulement le 13 novembre qu'il a fait quelque chose de vraiment insensé... Oh non, n'essaie pas de me faire dire ce qu'il a fait le 13 novembre, car je ne le raconterai *jamais*, je l'ai promis à la maman d'Emil. Pour changer, nous prendrons un jour où Emil s'est plutôt bien comporté, même si son papa ne serait peut-être pas de cet avis.

Samedi 12 juillet

Où Emil a fait des affaires incroyables à la vente aux enchères de Backhorva

Un samedi de juin, il y avait une vente aux enchères à Backhorva. Tout le monde avait l'intention d'y aller, car pour les gens de Lönneberga et de tout le Småland, il n'y avait rien de plus amusant que les ventes aux enchères. Anton Svensson, le papa d'Emil, était décidé à y assister, bien sûr. Alfred et Lina avaient insisté pour l'accompagner, et Emil, naturellement.

Si tu es déjà allé à une vente aux enchères, tu sais de quoi il retourne. Tu sais que si les gens veulent vendre leurs affaires et leurs biens, ils organisent une vente aux enchères pour que l'on puisse venir les acheter. Les gens de la ferme de

Backhorva avaient besoin de vendre tous leurs biens, car ils allaient émigrer en Amérique, comme tant de monde à l'époque. Et l'on ne pouvait pas partir en Amérique avec ses banquettes de cuisine, ses poêles à frire, ses vaches, ses cochons et ses poules. C'était la raison de cette vente aux enchères à Backhorva, en cette journée du début de l'été.

Le papa d'Emil espérait acheter une vache à petit prix, et peut-être une truie également, et une ou deux poules. C'est pour cela qu'il allait à Backhorva, et pour cela qu'Alfred et Lina avaient le droit de l'accompagner, parce qu'il aurait bien besoin d'aide pour ramener les bêtes qu'il pensait acquérir.

— Mais, franchement, je ne sais pas ce qu'Emil a besoin de faire là-bas, dit le papa d'Emil.

— C'est vrai, dit Lina, il risque bien d'y avoir des histoires sur place, sans même qu'Emil soit là.

Lina savait qu'il y avait souvent des histoires et des bagarres lors des ventes aux enchères à Lönneberga et dans tout le Småland. Donc, d'un côté, elle avait raison. Mais la maman d'Emil lança un regard noir à Lina :

— Si Emil veut y aller, il ira, et tu n'as pas besoin de te faire du souci pour ça. Pense plutôt à la manière dont tu te comportes en public, avec ta manie de faire la cruche quand tu te retrouves au milieu des gens !

Cette remarque cloua le bec à Lina.

Emil mit sa gampette, il était prêt.

— Achetez-moi quelque chose, dit la petite Ida en inclinant la tête sur le côté d'un air attendrissant.

Elle ne s'adressait à personne en particulier, mais son papa haussa immédiatement les sourcils.

— Acheter... Acheter... Vous n'avez que ce mot à la bouche ! Est-ce que je ne t'ai pas acheté pour dix öre de bonbons l'autre jour ? Pour ton anniversaire, en janvier, tu l'as déjà oublié ?

Emil avait eu l'intention de demander des sous à son papa, car on ne peut pas aller à une vente aux enchères sans un öre en poche, mais il se ravisa. Il sentait bien que ce n'était pas le bon moment pour lui soutirer de l'argent. Tout le monde était pressé, et son papa était déjà monté sur la charrette à lait, prêt à partir. Ce que l'on ne peut obtenir d'une façon, il faut essayer d'une autre, se dit Emil. Il réfléchit attentivement pendant un instant, et déclara :

— Partez sans moi ! Je vous rattraperai avec Lukas !

Le papa d'Emil se méfia en entendant ces paroles, mais il voulait partir le plus vite possible, et il se contenta de répondre :

— Oui, oui, mais le mieux, ce serait que tu restes à la maison, tout simplement !

Il fit claquer son fouet, et hop, ils s'en allèrent. Alfred salua Emil, Lina fit un signe de la main à la petite Ida, et la maman d'Emil cria au papa d'Emil :

— Faites bien attention ! N'allez pas vous casser un bras ou une jambe !

Elle ne put s'empêcher de dire ça, car elle aussi savait qu'il éclatait parfois de violentes bagarres lors des ventes aux enchères.

Bien vite, la charrette à lait disparut au tournant. Emil resta dans le nuage de poussière à la regarder s'éloigner avant de s'agiter à son tour. Il lui fallait trouver de l'argent. Mais comment, à ton avis ?

Si jamais tu as grandi dans le Småland quand Emil était petit, tu sais qu'à cette époque il y avait des barrières partout sur les routes et les chemins. C'était pour que tous les bœufs, les vaches et les moutons du Småland restent dans leurs pâturages. Et peut-être aussi pour que tous les enfants du Småland gagnent un sou ou deux chaque fois qu'ils ouvraient la barrière à un fermier qui arrivait et qui ne voulait pas descendre de sa voiture à cheval pour l'ouvrir lui-même.

Il y avait une barrière à Katthult, mais Emil n'avait guère gagné de pièces d'un ou deux öre grâce à elle. Katthult se trouvait au bout du canton, dans un coin où les gens passaient rarement. Il y avait seulement une ferme un peu plus loin, Backhorva, où la vente aux enchères avait lieu justement ce jour-là.

Ce qui signifie que tous ceux qui vont à la vente devront passer par notre barrière, se dit Emil, le malin.

Emil fit le garde-barrière pendant une heure entière, et imagine un peu, il gagna cinq couronnes et soixante-quatorze öre. Les carrioles, les charrettes et les voitures à cheval défilèrent à la queue leu leu, Emil avait à peine le temps de refermer la barrière qu'il devait l'ouvrir pour la suivante. De plus, les paysans étaient de bonne humeur puisqu'ils allaient à la vente, et ils lançaient volontiers une pièce de deux ou cinq öre dans la casquette d'Emil. Certains vieux bonshommes étaient tellement contents qu'ils allaient jusqu'à lui donner une pièce de dix öre, ce qu'ils regrettaient tout de suite, bien entendu.

Mais le fermier de Kråkstorp se mit en colère lorsqu'Emil referma la barrière juste sous le nez de sa jument marron.

— Pourquoi fermes-tu cette grille ! cria-t-il.

— Il faut d'abord que je la referme pour pouvoir l'ouvrir, expliqua Emil.

— Et pourquoi ne la laisses-tu pas ouverte par un jour pareil ? demanda le fermier, furieux.

— Hé, je suis pas fou moi, dit Emil. C'est bien la première fois que cette barrière m'est utile à quelque chose !

Le fermier de Kråkstorp fit claquer son fouet vers Emil et ne lui donna pas un sou.

Quand tout le monde fut passé, et quand il n'y eut plus d'argent à gagner, Emil sauta sur le dos de Lukas et partit au galop, si bien que les pièces tintaient dans la poche de son pantalon.

La vente aux enchères battait son plein. Il y avait foule autour des objets empilés dans la cour, et qui ne semblaient pas à leur place ainsi en plein soleil. Le commissaire-priseur était juché sur un tonneau au milieu du tumulte, il obtenait de bons

prix pour les poêles à frire, les tasses à café, les chaises à barreaux et que sais-je encore. Tu vois, ça se passe comme ça, une vente aux enchères : on crie au commissaire-priseur combien on veut payer pour un objet, mais si quelqu'un est prêt à payer davantage, il fait une offre plus élevée, et c'est lui qui remporte la banquette de cuisine ou l'affaire que l'on convoite.

Un soupir monta dans la foule quand Emil et Lukas déboulèrent dans la cour de la ferme, et les gens furent nombreux à murmurer :

— Voilà le gamin de Katthult… On ferait bien de rentrer à la maison !

Emil était là pour faire des affaires, et il avait tellement d'argent en poche qu'il en avait presque le tournis. Avant même d'être descendu de cheval, il avait déjà offert trois couronnes pour un vieux lit en fer dont, normalement, il n'aurait jamais voulu. Heureusement, une fermière en offrit quatre couronnes, et Emil ne se retrouva pas avec un lit sur les bras. Mais il continua d'enchérir sur tout, avec entrain, et, en un clin d'œil, il se retrouva propriétaire de trois objets. Le premier était une boîte au velours décoloré avec de petits coquillages sur le couvercle, qui allait faire un cadeau pour Ida. Le deuxième était une pelle de boulanger, à long manche, qui sert pour glisser les pains dans le four, et le troisième était une vieille pompe à incendie toute rouillée dont personne à Lönneberga n'aurait donné dix öre. Emil fit une offre de vingt-cinq öre et remporta l'enchère.

« Oh zut, je n'en voulais pas », se dit Emil.

Mais il était trop tard, la pompe à incendie était désormais à lui. Alfred y jeta un coup d'œil et éclata de rire :

— M. Emil Svensson, propriétaire d'une pompe à incendie... Mais, dis-moi, que vas-tu faire de ce machin ?

— Eh bien, si la foudre tombe et met le feu...

L'instant d'après, la foudre tomba, c'est du moins ce que crut Emil. Mais c'était seulement son papa qui le tenait par le col et le secouait au point de faire trembler ses cheveux blonds bouclés.

— Espèce de garnement ! Qu'est-ce qui te prend ? cria le papa d'Emil.

Il était en train d'arpenter tranquillement le pré

où il avait choisi une vache quand Lina était accourue, tout essoufflée.

— Maître, maître, Emil est là, et il achète des pompes à incendie à tour de bras… Est-ce qu'il a le droit ?

Le papa d'Emil ignorait qu'Emil avait son propre argent. Il croyait qu'il allait devoir payer les enchères remportées par Emil. Il n'est donc pas surprenant qu'il ait blêmi et tremblé comme une feuille en entendant parler de la pompe à incendie.

— Lâche-moi ! Je vais payer moi-même ! s'écria Emil.

Il réussit enfin à expliquer à son papa qu'il avait obtenu son immense fortune simplement en ouvrant la barrière à Katthult. Le papa d'Emil concéda qu'Emil s'était bien débrouillé, mais il ajouta que ce n'était guère malin de gaspiller de l'argent pour une vieille pompe à incendie.

— Je ne veux plus entendre parler de bonnes affaires idiotes, dit-il d'un ton ferme.

Il exigea d'inspecter tout ce qu'Emil avait remporté et il eut un choc en les voyant : une vieille boîte en velours totalement inutile, une pelle de boulanger alors qu'ils en avaient déjà une magnifique à la maison. C'était de la folie ! Mais le pire, c'était la pompe à incendie.

— N'oublie pas ce que je t'ai dit. Il faut seulement acheter ce qui est absolument nécessaire, dit le papa d'Emil.

Il avait sans doute raison, mais comment savoir ce qui est nécessaire ? La limonade, par exemple, est-ce nécessaire ? En tout cas, Emil, lui, le pensait. Il traîna dans la cour, un peu attristé après la réprimande infligée par son papa, et sous une tonnelle de lilas, il trouva un étal où l'on vendait de la bière et de la limonade. Les gens de Backhorva, qui avaient toujours été entreprenants, avaient rapporté des caisses entières de bouteilles de la brasserie de Vimmerby afin de les vendre aux gens assoiffés lors de la vente.

Emil avait bu de la limonade une seule fois dans sa vie, et il fut ravi lorsqu'il se rendit compte soudain que l'on pouvait acheter de la limonade et qu'il avait de l'argent plein les poches. Imagine un peu, quelle coïncidence, quelle chance !

Emil commanda trois limonades et les vida

25

rapidement. Mais la foudre tomba à nouveau. Soudain, son papa réapparut, le prit par le col et le secoua au point de lui faire remonter la limonade par le nez.

— Espèce de garnement ! Parce que tu as réussi à gagner un peu d'argent, tout ce que tu trouves à faire, c'est de boire de la limonade ?

Cela mit Emil en furie, et il ne mâcha pas ses mots :

— Ça ne va pas ! Quand je n'ai pas d'argent, je ne peux pas boire de limonade, et quand j'ai de l'argent, je n'ai pas le droit d'en boire. Alors, nom d'un chien, quand est-ce que je pourrai boire de la limonade ?

Le papa d'Emil le regarda d'un air sévère :

— Tu iras droit à la menuiserie quand on rentrera à la maison !

Il ne dit rien de plus, et disparut vers la basse-cour. Emil, lui, ne bougea pas. Il avait honte. Il savait qu'il avait été insupportable. Non seulement il s'était montré effronté avec son papa, mais, pire encore, il avait dit « nom d'un chien ». C'était presque un gros mot, et les gros mots n'avaient pas leur place à Katthult. Vois-tu, le papa d'Emil était bedeau à l'église, alors... Emil eut honte de lui pendant quelques minutes, puis il acheta une limonade qu'il donna à Alfred. Ils s'assirent contre le mur de la remise à bois de la ferme et ils discutèrent pendant qu'Alfred buvait sa limonade. Ce dernier déclara qu'il n'avait jamais rien bu d'aussi bon de toute sa vie.

— Tu as vu Lina ? demanda Emil.

Du pouce, Alfred indiqua à Emil où se trouvait Lina. Lina était assise dans l'herbe, adossée à une clôture. À côté d'elle, il y avait le fermier de Kråkstorp, celui qui avait fait claquer son fouet au-dessus d'Emil. On voyait clairement que Lina avait oublié la mise en garde de la maman d'Emil, car elle baratinait et rigolait, comme d'habitude lorsqu'elle se retrouvait au milieu des gens. Et l'on voyait bien que le fermier de Kråkstorp appréciait le baratin et la rigolade de Lina. Emil fut très content de ce spectacle.

— Imagine un peu, Alfred, si on arrivait à marier Lina au fermier de Kråkstorp, dit-il, plein d'espoir. Comme ça, tu parviendrais à lui échapper !

Il faut dire que Lina avait décidé qu'Alfred était
son fiancé, et qu'elle avait également décidé de
l'épouser, même si Alfred résistait de toutes ses
forces. Savoir comment Alfred échapperait à Lina
avait été depuis longtemps une source de soucis
pour Alfred et Emil. Ils étaient donc ravis à l'idée
que le fermier de Kråkstorp ait un faible pour
Lina ! Certes, il était vieux, presque cinquante
ans, et complètement chauve, mais il possédait
une petite ferme, et ça aurait bien plu à Lina
d'être la fermière de Kråkstorp.

— On va veiller à ce que personne ne vienne
les déranger, dit Emil.

Il savait que Lina devrait recourir à beaucoup
de baratin et de rigolade si elle voulait que le
fermier de Kråkstorp perde la tête et morde vraiment à l'hameçon.

On avait commencé à vendre le bétail dans la
basse-cour, Alfred et Emil s'approchèrent pour
voir ce qui se passait.

Le papa d'Emil remporta sans peine l'enchère
pour une truie qui allait avoir des porcelets, mais
il y eut de la compétition pour les vaches. Un
paysan de Bastefall les voulait toutes les sept, et
le papa d'Emil fut obligé d'offrir quatre-vingts
couronnes pour la vache qu'il désirait. Il soupira
en payant cette somme colossale, et il ne lui restait
plus d'argent pour acheter des poules. Le fermier
de Bastefall enchérit sur les poules et les obtint
toutes, sauf une dont il ne voulait pas.

— Qu'est-ce que je ferais d'une poule qui boite ? dit-il. Celle-là, vous pouvez lui tordre le cou.

La poule que le paysan de Bastefall voulait voir morte s'était autrefois cassé une patte. Elle avait guéri, mais un peu de travers. C'était pour ça que la pauvre poule boitait autant. Dans la basse-cour, à côté d'Emil, il y avait un des enfants de la ferme de Backhorva, et il dit à Emil :

— Quel imbécile qui ne veut pas de notre Lotta la Boiteuse. C'est notre meilleure pondeuse !

Emil cria alors à haute voix :

— J'offre vingt-cinq öre pour Lotta la Boiteuse !

Tout le monde éclata de rire. Tout le monde, sauf le papa d'Emil, bien entendu. Il arriva en trombe et attrapa Emil par le col.

— Espèce de garnement ! Combien d'affaires idiotes vas-tu faire en une seule et même journée ? Tu passeras le double de temps dans la menuiserie !

Mais ce qui était fait était fait. Emil avait fait une offre de vingt-cinq öre, et il devait s'y tenir. Lotta la Boiteuse était désormais sa poule, que son papa le veuille ou non.

— En tout cas, maintenant, j'ai deux animaux à moi, dit-il à Alfred. Un cheval et une poule !

— Oui, un cheval et une poule boiteuse,

répondit Alfred en riant, mais en riant gentiment, comme toujours.

Emil reçut Lotta la Boiteuse dans une boîte, et il la mit avec ses autres trésors près de la remise à bois. Il avait sa pompe à incendie, sa pelle de boulanger et sa boîte en velours, et Lukas était attaché juste à côté. Emil contempla tous ses biens, très content de lui.

Mais au fait, que firent donc Lina et le fermier de Kråkstorp pendant ce temps-là ? Emil et Alfred firent un détour pour le savoir, et constatèrent avec satisfaction que Lina s'en sortait très bien. Le fermier de Kråkstorp la tenait par la taille, Lina rigolait et baratinait plus que jamais et, de temps en temps, elle donnait un coup de coude au fermier de Kråkstorp si bien que ce dernier tombait à la renverse contre la clôture.

— Il a l'air d'aimer ça, dit Emil. Pourvu qu'elle ne le pousse pas trop fort !

Emil et Alfred étaient extrêmement contents du comportement de Lina. Mais il y avait quelqu'un qui ne l'était pas du tout : Le Cogneur, de la ferme de Bo.

C'était le pire bagarreur et le pire ivrogne de tout Lönneberga, et s'il y avait des bagarres aussi violentes lors des ventes aux enchères, c'était la faute du Cogneur, car il les provoquait le plus souvent. Il faut que tu comprennes que, à cette époque, un valet de ferme trimait toute la semaine, toute l'année, avec très peu de distractions. Une vente aux enchères constituait une vraie récréation pour lui, et, là, il aimait bien se battre. Il ne savait pas quoi faire de toute l'énergie qui bouillonnait en lui lorsqu'il se retrouvait soudain avec d'autres gens et lorsqu'il avait trop bu. Oui, hélas, tout le monde ne buvait pas que de la limonade. Et certainement pas Le Cogneur, de la ferme de Bo.

Et quand il vit Lina en train de baratiner le fermier de Kråkstorp, il ne put s'empêcher de dire :

— T'as pas honte, Lina ? Qu'est-ce que tu fais avec ce vieux bougre tout chauve ? Tu vois donc pas qu'il est trop vieux pour toi ?

Et c'est comme ça que les bagarres commencent.

Emil et Alfred ont vu que le fermier de Kråkstorp se mettait en colère, ils l'ont vu lâcher Lina. C'était malin, Le Cogneur allait ruiner les plans échafaudés par Alfred et Emil !

— Ne bougez pas, ne bougez surtout pas, s'écria Emil à l'adresse du fermier de Kråkstorp. Je vais m'occuper du Cogneur !

Il prit la pelle de boulanger et en donna un grand coup sur le derrière du Cogneur. Il n'aurait pas dû. Le Cogneur se retourna et attrapa Emil. Il louchait tellement il était furieux, et il secoua Emil de ses grosses mains. Emil crut que sa dernière heure était venue. Mais Alfred cria :

— Laisse le gamin tranquille, sinon, je te le promets, je te transforme en chair à pâté !

Alfred était fort, lui aussi, et bien décidé à se battre. Deux secondes plus tard, lui et Le Cogneur en venaient aux mains.

C'était ce que tout le monde attendait.

— La bagarre va pas bientôt commencer ?

Ils étaient plusieurs valets de ferme à se poser la question depuis un moment, et ils accoururent de tous les côtés pour se joindre à la mêlée.

Lina se mit à pousser des hurlements.

— Ils se battent pour moi ! Quel malheur !

— Il n'y aura pas de malheur tant que j'ai la pelle de boulanger, dit Emil, avec confiance.

À cet instant, tous les valets de ferme se sautaient dessus et ne formaient plus qu'un gros tas. Ils se marchaient dessus, ils se frappaient, ils se cognaient, ils se tapaient, ils se mordaient, ils juraient, ils criaient et, tout en dessous, il y avait Alfred, Le Cogneur, le fermier de Kråkstorp, et quelques autres.

Emil eut peur qu'ils écrasent complètement son

Alfred, et il donna des petits coups de pelle de boulanger dans la masse, pour essayer de le dégager, un peu comme au mikado. Cela ne donna rien. Chaque fois qu'il tentait d'introduire sa pelle dans la mêlée, il y avait toujours une main furieuse qui cherchait à le faire tomber et à l'attirer dans la bagarre.

Emil ne voulait pas en entendre parler. Il sauta sur le dos de Lukas et se mit à galoper autour des bagarreurs, et à le voir arriver ainsi, cheveux au vent, brandissant la pelle de boulanger, on aurait dit un chevalier qui chargeait l'ennemi avec sa lance.

Emil galopait en décochant des coups de pelle à qui mieux mieux, il avait bien plus de force à cheval, et il parvint vraiment à faire tomber les valets de ferme qui se trouvaient sur le dessus de la pile. Mais il en arrivait sans cesse de nouveaux, et malgré ses efforts, il ne parvint pas à dégager Alfred.

Les femmes et les enfants pleuraient et criaient comme des perdus, le papa d'Emil et d'autres paysans raisonnables, trop fiers pour se bagarrer, restaient là à regarder, et à dire en vain :

— Allez les garçons, ça suffit ! Il y aura d'autres ventes aux enchères, gardez donc un peu de sang pour la prochaine fois.

Mais les valets de ferme étaient tellement pris par la bagarre qu'ils n'entendaient rien. Tout ce

33

qu'ils voulaient, c'était se battre, se battre et se battre encore.

Emil laissa tomber sa pelle.

— Allez Lina, donne-moi un coup de main et ne reste pas à piailler comme ça. Pense un peu que c'est ton fiancé qui est tout au-dessous !

J'ai déjà dit qu'Emil était malin, alors devine ce qu'il a inventé ! Il avait une pompe à incendie, et il y avait de l'eau dans le puits. Il chargea Lina de pomper tandis que lui s'occupait du tuyau, et l'eau jaillit à flots.

On aurait dit que les valets de ferme étaient pris de hoquet lorsque le jet glacé les frappa de plein fouet. Et crois-moi si tu veux, mais en moins de deux minutes, la bagarre fut éteinte. Les gars s'extirpèrent de la mêlée, un à un, l'air stupéfait, en rampant lentement à quatre pattes.

Ne l'oublie pas, si jamais tu te retrouves pris dans une bagarre et si tu veux y mettre fin : un grand coup d'eau froide vaut mieux qu'une pelle de boulanger !

Les valets de ferme ne furent aucunement fâchés contre Emil. Ils avaient vidé tout leur trop-plein d'énergie et ils étaient bien contents que la bagarre soit terminée pour cette fois.

— Et puis, il y a une vente aux enchères à Knashult la semaine prochaine, dit Le Cogneur en mettant un peu de mousse dans son nez pour arrêter le sang qui coulait.

Emil s'approcha du fermier de Knashult, qui avait également observé la bagarre, et il lui vendit la pompe à incendie pour cinquante öre.

— Voilà, j'ai gagné vingt-cinq öre, dit Emil à Alfred.

C'est à ce moment-là qu'Alfred a commencé à comprendre qu'Emil serait sans doute très doué pour les affaires quand il serait grand.

La vente était terminée, et chacun se préparait à rentrer avec le fatras acheté. Le papa d'Emil voulait rentrer lui aussi avec sa vache et sa truie. La truie fut chargée dans la charrette à lait, ainsi que Lotta la Boiteuse, même si le papa d'Emil contemplait sa boîte d'un air consterné. Il avait été décidé que Rölla, la vache, suivrait derrière. Mais personne n'avait demandé son avis à Rölla !

Tu as peut-être entendu parler de taureaux furieux. Mais que sais-tu des vaches enragées ? Parce que je peux te dire que lorsqu'une vache est vraiment fâchée, ça chauffe, et même les taureaux les plus furieux ont les pattes qui flanchent et filent se cacher dans un coin.

Toute sa vie, Rölla avait été la vache la plus gentille et la plus douce que l'on puisse imaginer. Mais lorsque Alfred et Lina voulurent la faire avancer sur la route pour la ramener à Katthult, elle se mit à ruer et à pousser un meuglement qui fit sursauter tout le monde. Peut-être avait-elle vu les valets se battre, et peut-être s'était-elle dit que c'était ce qu'il fallait faire à une vente aux enchères ? En tout cas, elle était complètement enragée, et il ne fallait pas s'en approcher. Alfred essaya le premier, puis le papa d'Emil, mais Rölla s'était mise à les pourchasser avec les yeux brillants de folie, les cornes baissées, et en poussant des meuglements terrifiants. Alfred et le papa d'Emil durent détaler comme des lapins pour lui échapper. D'autres essayèrent de les aider, mais

Rölla ne toléra pas le moindre paysan dans la cour de sa ferme, et elle y fit le vide.

— Quel malheur, dit Lina après avoir vu le fermier de Backhorva, celui de Kråkstorp, celui de Bastefall, celui de Knashult et Le Cogneur courir à toutes jambes avec Rölla sur les talons.

Le papa d'Emil finit par perdre la tête, lui aussi, et il cria :

— J'ai payé quatre-vingts couronnes pour cette vache enragée, mais tant pis, apportez-moi un fusil que je l'abatte tout de suite !

Il trembla en disant ces paroles, mais une vache folle ne sert à rien, il le savait. Tout le monde le savait, et le fermier de Backhorva alla chercher son fusil chargé et le tendit au papa d'Emil.

— Il vaut mieux que tu le fasses toi-même, dit-il.

Emil intervint alors :

— Attendez une seconde !

J'ai déjà dit qu'Emil était un petit garçon malin. Il s'approcha de son papa et lui dit :

— Au lieu de l'abattre, tu ferais mieux de me la donner !

— Et qu'est-ce que tu vas faire d'une vache folle ? répliqua le papa d'Emil. Chasser le lion ?

Mais le papa d'Emil n'oubliait pas qu'Emil savait s'y prendre avec les animaux. Il lui dit que s'il parvenait à ramener Rölla à Katthult, elle serait à lui pour toujours, même si elle était folle.

Emil alla voir le fermier de Bastefall, celui qui avait acheté les six autres vaches, et il lui demanda :

— Combien me donnerez-vous si je conduis vos vaches jusqu'à Katthult ?

Bastefall se trouvait à l'autre bout du canton, et mener six vaches jusque là-bas n'était pas drôle du tout. Le fermier le savait parfaitement, et il sortit immédiatement de sa poche une pièce de vingt-cinq öre.

— Vas-y mon gars ! Prends ça !

Et qu'a fait Emil, à ton avis ? Il traversa la cour en vitesse, sous le nez de Rölla, il entra dans l'étable et détacha les vaches. Lorsqu'elles rejoignirent Rölla, celle-ci s'arrêta net de meugler et baissa les yeux. Visiblement, elle avait honte du cirque qu'elle venait de faire… Mais que fait une pauvre vache quand elle est obligée d'abandonner sa vieille étable, quand elle se retrouve seule, sans les vaches qu'elle a l'habitude de côtoyer ? Elle est fâchée, elle est triste, mais seul Emil l'avait compris.

Et là, Rölla trottait gentiment sur la route, avec les autres vaches, et tous ceux qui avaient assisté à la vente aux enchères rirent aux éclats :

— Finalement, il n'est pas si bête que ça, le gamin de Katthult !

Alfred rit avec eux.

— Emil Svensson, propriétaire de bétail, dit-il. Maintenant, tu as un cheval, une poule qui boite et une vache folle. Tu es sûr de ne pas vouloir d'autres animaux ?

— Si, avec le temps, j'en aurai d'autres, répondit calmement Emil.

À Katthult, la maman d'Emil guettait à la fenêtre de la cuisine. Elle attendait le retour des siens de la vente aux enchères. Et elle écarquilla les yeux en apercevant la caravane imposante sur la route. En tête, la charrette à lait, dans laquelle se trouvaient le papa d'Emil, Alfred, Lina, la truie et Lotta la Boiteuse, qui caquetait fièrement à cause de l'œuf qu'elle venait de pondre, puis une longue file de *sept* vaches et, enfin, Emil, sur le dos de Lukas. Emil gardait les vaches en bon ordre, armé d'une pelle de boulanger.

La maman d'Emil se précipita au-dehors, avec la petite Ida sur les talons.

— *Sept* vaches ! cria-t-elle au papa d'Emil. Qui est-ce qui a perdu la tête ? Toi ou moi ? Tu es fou !

— Nan, c'est la vache qui est folle, marmonna le papa d'Emil.

Mais il lui fallut marmonner bien plus avant que la maman d'Emil ne finisse par comprendre ce qui s'était passé. Là, elle regarda Emil avec tendresse.

— Que Dieu te bénisse, mon petit Emil ! Mais comment as-tu pu savoir que ma pelle de boulanger s'est cassée en deux juste au moment où j'allais mettre les pains au four ?

Puis elle poussa un cri en apercevant le nez d'Alfred, qui avait doublé de volume.

— Mais comment as-tu fait ça à ton nez ? demanda-t-elle.

— À la vente, à Backhorva, répondit Alfred. Et samedi prochain, je compte bien faire pareil à celle de Knashult.

Lina descendit de la charrette d'un air sombre. Visiblement, pour elle, la rigolade et le baratin étaient terminés.

— Tu en fais une tête, dit la maman d'Emil. Qu'est-ce qui t'arrive ?

— Mal de dents, répliqua Lina d'une voix monotone.

Le fermier de Kråkstorp n'avait pas cessé de lui offrir des caramels, et sa molaire abîmée lui faisait tellement mal qu'elle avait l'impression que sa tête allait exploser.

Mais, mal de dents ou pas, il lui fallait aller dans le pré traire les vaches de Katthult. L'heure de la traite était passée depuis longtemps.

L'heure de la traite était également passée pour Rölla et les autres vaches de la vente, et elles beuglèrent bien fort pour le faire savoir.

— J'y peux rien si le fermier de Bastefall n'est pas là pour traire ses vieilles vaches, dit Emil.

Et il se mit à traire les vaches lui-même, d'abord Rölla, puis les six autres. Il obtint ainsi trente litres de lait que sa maman mit au cellier, et dont elle se servit plus tard pour faire du fromage. Emil reçut un grand fromage délicieux, qu'il dégusta pendant longtemps.

En revanche, en ce qui concerne l'œuf pondu par Lotta la Boiteuse sur le trajet du retour, il le fit cuire tout de suite et le posa sur la table de la cuisine, où son papa attendait son dîner, la mine un peu maussade.

— Tiens, il vient de Lotta la Boiteuse, dit Emil.

Puis il servit aussi un verre de lait frais à son papa.

— Tiens, il vient de Rölla.

Le papa d'Emil mangea et but en silence pendant que sa maman mettait les pains au four.

Lina posa une patate brûlante contre la dent qui lui faisait mal, ce qui lui fit sept fois plus mal, ce qu'elle savait très bien.

— Tiens, vois un peu ça, dit Lina à la dent. Si t'es bête, moi aussi.

Alfred éclata de rire.

— Il était bien gentil le gars de Kråkstorp de t'offrir des caramels, dit-il. C'est lui que tu devrais épouser, Lina !

Lina fit une moue dégoûtée.

— Ce vieux bouc ? Il a cinquante ans et moi j'en ai vingt-cinq ! Tu crois que je voudrais de quelqu'un qui a deux fois mon âge ?

— Mais ça ne fait rien, rétorqua vivement Emil. Ça ne fait rien du tout !

— Oh si ! dit Lina. Pour le moment, ça va, mais pense un peu quand moi j'aurai cinquante ans. Lui, il en aura cent. Et Dieu sait les ennuis que j'aurai alors avec lui !

— Tu es aussi forte en calcul que tu as de jugeote, Lina, dit la maman d'Emil qui referma la porte du four sur le dernier pain. Cette pelle de boulanger est parfaite.

Lorsque le papa d'Emil eut terminé son œuf et son verre de lait, Emil déclara :

— Il ne faudrait pas oublier la menuiserie !

Le papa d'Emil marmonna que, en fin de compte, ce jour-là, Emil n'avait pas fait grand-chose qui méritait un tour à la menuiserie. Mais Emil répliqua :

— Non, non, non, il faut tenir parole !

Et, sans un mot, il se rendit dignement à la menuiserie où il se mit à sculpter son cent vingt-neuvième bonhomme en bois.

À cette heure, Lotta la Boiteuse était déjà dans le poulailler, perchée sur son barreau, et Rölla se promenait tranquillement dans le pré avec les autres vaches de Katthult. Le fermier de Bastefall finit par arriver pour récupérer ses six bêtes. Il discuta avec le papa d'Emil de la vente aux enchères et de tout ce qui s'était passé et il s'écoula un long moment avant que le papa d'Emil n'aille chercher son fils. Dès que le fermier de Bastefall fut parti, il fonça à la menuiserie.

En s'approchant, il vit la petite Ida perchée sur un tabouret, à la fenêtre de la menuiserie. Elle tenait dans ses mains la boîte en velours ornée de coquillages, elle la serrait comme si c'était son trésor le plus précieux. Ce qu'il était, assurément.

Le papa d'Emil ne put s'empêcher de marmonner :

— Quelle affaire idiote ! Une vieille boîte en velours !

La petite Ida n'avait pas entendu arriver son papa, et elle continua de répéter gentiment et attentivement les paroles qu'Emil lui soufflait de l'intérieur de la menuiserie. Le papa d'Emil blêmit en les entendant, tout bedeau qu'il était, car on n'avait jamais prononcé d'aussi gros mots à Katthult. Et ce fut pire encore lorsque Ida les reprit de sa douce petite voix flûtée.

— Tais-toi, Ida, gronda le papa d'Emil.

Puis il passa la main par la fenêtre et saisit Emil par le col.

— Espèce de garnement ! Comment oses-tu apprendre des jurons à ta sœur ?

— Mais pas du tout, répondit Emil. Je lui ai seulement dit qu'elle ne doit jamais dire « nom d'un chien » et je lui ai appris d'autres gros mots qu'elle ne doit jamais prononcer, au grand jamais.

Voilà, maintenant, tu sais ce qu'Emil a fait le 12 juin. Même s'il n'a pas été parfait, on doit cependant admettre qu'il a fait des affaires incroyables ce jour-là. Pense un peu, d'un seul coup, il a réussi à avoir une bonne vache laitière, une excellente poule pondeuse, une superbe pelle de boulanger et assez de lait pour faire un gros fromage délicieux.

Son papa râlait pour un seul objet, la vieille boîte en velours qui ne servait à rien, mais que la petite Ida adorait. Elle y a mis son dé à coudre, ses ciseaux, un petit recueil de cantiques qu'elle avait reçu à l'école du dimanche, un très beau morceau de verre bleu et son ruban rouge. En ouvrant la boîte, elle y avait trouvé un paquet de lettres qu'elle s'était empressé de renverser sur le plancher. Emil, enfin libéré de la menuiserie le samedi soir, ramassa le paquet de lettres dans un coin de la cuisine, et il en prit soin. Alfred, lui, s'acharnait à chasser les mouches avec une tapette afin que Lina soit débarrassée des insectes jusqu'au dimanche, et Emil lui montra les lettres.

— Ça peut toujours servir, dit Emil. Si jamais j'ai besoin d'envoyer des lettres un jour, j'en aurais un tas entier qui sont déjà écrites.

Sur le haut du paquet, il y avait une lettre d'Amérique, et Emil siffla en la découvrant :

— Regarde, Alfred, voici la lettre d'Adrian.

Adrian était le fils aîné de la ferme de Back-horva. Il était parti en Amérique depuis long

temps et, durant tout ce temps, il n'avait écrit qu'une seule fois. Tout le monde le savait à Lönneberga, tout le monde lui en voulait et avait de la peine pour ses pauvres parents. Mais personne ne savait ce qu'Adrian avait écrit, car personne n'en avait soufflé un mot à Backhorva.

— Eh bien, on pourrait peut-être le découvrir, dit Emil qui avait eu l'intelligence d'apprendre à lire tout seul.

Il déchira l'enveloppe et lut la lettre à haute voix à Alfred. Ce fut vite fait, car la lettre était courte :

Jé vu un ours. Envoyé vote adress. Salu, à la prochène foa.

— Je crois que cette lettre ne me servira pas à grand-chose, dit Emil.

Sur ce, il se trompait.

Le samedi 12 juin s'acheva ainsi, la nuit apporta le silence et le calme à tous les habitants de Katthult, aux gens comme aux bêtes. Sauf à Lina, qui avait mal aux dents. Elle n'arriva pas à dormir sur la banquette de la cuisine, elle soupira, elle gémit tandis que la courte nuit de juin ne fit que passer. Et ce fut un autre jour.

Une nouvelle journée dans la vie d'Emil, bien sûr !

Dimanche 13 juillet

Où Emil a essayé trois fois d'arracher la dent de Lina avant de peindre en bleu la petite Ida

Même le dimanche, il fallait traire les vaches. À cinq heures du matin, le réveil sonna dans la cuisine, et Lina dut s'extraire de son lit avec un terrible mal de dents. Elle jeta un coup d'œil dans le miroir au-dessus du bureau et poussa un cri perçant. Seigneur, elle avait une mine épouvantable ! Sa joue droite était enflée comme un petit pain rond. C'était atroce ! Lina se mit à pleurer.

C'était vraiment triste car, ce jour-là, toute la paroisse allait venir prendre le café à Katthult après l'office.

— Je ne peux pas me montrer comme ça, avec

un côté du visage différent de l'autre, marmonna Lina avant d'aller traire les vaches.

Elle n'eut pas à se lamenter longtemps. À peine s'était-elle assise sur le tabouret qu'une guêpe la piqua à la joue gauche. On aurait pu croire qu'elle serait contente puisque sa joue gauche enfla immédiatement pour être aussi arrondie que sa joue droite. Elle avait ce qu'elle voulait, avec les deux côtés du visage identiques. Pourtant, elle pleura deux fois plus.

Quand elle entra dans la cuisine, tout le monde était attablé pour le petit déjeuner, et je dois dire que toute la maisonnée a écarquillé les yeux en voyant soudain la personne aux joues enflées et aux yeux rouges qui devait être Lina. La pauvre, elle avait vraiment une tête à pleurer, et ce n'a pas été très gentil de la part d'Emil de se mettre à rire. Il venait de porter le verre de lait à ses lèvres à l'instant où Lina fit son apparition et, en l'apercevant par-dessus le bord du verre, il pouffa tellement de rire que le lait vola au-dessus de la table pour atterrir sur le beau gilet du dimanche de son papa. Même Alfred ne put réprimer un petit ricanement. Lina faisait vraiment pitié à voir. La maman d'Emil adressa un regard sévère à Emil et à Alfred, car il n'y avait pas de quoi rire. Tandis qu'elle essuyait le papa d'Emil, elle jeta un nouveau coup d'œil à Lina, et l'on vit qu'elle comprit pourquoi Emil avait pouffé de rire. Cependant, elle avait pitié de Lina.

— Ma pauvre enfant, dit-elle, tu as une mine épouvantable, et tu ne peux pas te montrer aux invités avec une tête pareille. Emil, va chercher Krösa-Maja et demande-lui de venir nous aider pour servir le café !

À Lönneberga, on aimait beaucoup prendre le café après l'église, et tout le monde s'était réjoui en recevant la lettre de la maman d'Emil, où elle disait :

Chers Mesdames et Messieurs,
Nous vous invitons cordialement à prendre le café chez nous après le servisse, dimenche prochain.

Bien à vous,
ALMA ET ANTON SVENSSON
Katthult, Lönneberga

C'était l'heure d'aller à l'église. La maman et le papa d'Emil partirent, car, bien sûr, ils devaient d'abord aller à l'église avant qu'il soit question de prendre le café.

Emil alla docilement porter le message à Krösa-Maja. C'était une belle matinée, et il sifflait gaiement en prenant le chemin menant à la chaumière de Krösa-Maja, qui habitait une vieille maison dans les bois.

Si tu es jamais allé dans un bois du Småland par un petit matin du mois de juin, tu sais comment c'est. Tu entends le coucou et le merle, tu sens sous tes pieds nus la douceur du chemin et la chaleur du soleil sur ton cou, tu respires avec plaisir l'odeur de résine des sapins et des pins, et tu vois les fraises des bois en fleur dans les clairières. C'est exactement ce que ressentait Emil, et il n'avait aucune envie de se presser. Il finit cependant par arriver à la chaumière de Krösa-Maja, si petite, si grise, si délabrée qu'on la remarquait à peine au milieu des sapins.

Krösa-Maja était en train de lire le *Smålands-Tidningen*, à la fois ravie et terrifiée par ce qu'il y avait dans le journal.

— Il y a le tuphys à Jönköping, déclara-t-elle avant même de dire bonjour à Emil, et elle lui mit le journal sous le nez pour qu'il voie par lui-même.

Effectivement, on disait que deux habitants de

Jönköping étaient gravement atteints par le
typhus, et Krösa-Maja opina d'un air satisfait.

— Le tuphys est une maladie terrible, dit-elle.
Et crois-moi, on ne va pas tarder à l'avoir aussi à
Lönneberga !

— Pourquoi donc ? Comment peut-il venir
jusqu'ici ? demanda Emil.

— Ça vole sur tout le Småland comme des
graines de pissenlits, même quand tu restes là à
rien faire, répondit Krösa-Maja. Des kilos de
graines de tuphys, et que Dieu protège ceux sur
qui elles vont pousser !

— C'est comment ? Est-ce que ça ressemble à
la peste ? s'enquit Emil.

Krösa-Maja lui avait parlé de la peste, car elle
était au courant de toutes les maladies et de toutes
les épidémies. Elle avait dit que la peste était une
chose épouvantable, et que, autrefois, elle avait

pratiquement tué toute la population du Småland. Alors, si le tuphys était aussi terrible !

Krösa-Maja réfléchit un peu.

— Oui, c'est à peu près comme la peste,
déclara-t-elle, contente. Je ne connais pas tous les
détails, mais je crois me souvenir que ton visage
devient tout bleu, et que tu meurs peu après. Ah,
le tuphys, c'est une maladie terrible ! Ah là là là !

Puis Emil lui parla du mal de dents de Lina,
du problème causé par ses joues enflées alors que
les gens venaient prendre le café après l'église.
Elle promit de venir à Katthult aussi vite que ses
jambes le lui permettaient.

Emil rentra à la maison, et il trouva Lina assise
sur l'escalier de la cuisine, en train de se lamenter
sur son mal de dents. Alfred et la petite Ida
l'observaient, sans savoir quoi faire.

— Tu pourrais aller voir Pelle le Fort, dit
Alfred.

Pelle le Fort était le forgeron de Lönneberga.
C'était lui qui arrachait les dents qui faisaient mal
aux gens de Lönneberga, avec sa grosse pince
redoutable.

— Il prend combien pour arracher une dent ?
demanda Lina entre deux reniflements.

— Cinquante öre de l'heure, dit Alfred.

Lina sursauta en comprenant que l'arrachage
de dent pouvait être à la fois cher et long.

Emil réfléchit rapidement et dit :

— Je crois bien que je peux t'arracher la dent

pour moins cher et plus vite. Oui, je sais comment faire !

Et il expliqua son idée à Lina, à Alfred et à la petite Ida.

— J'ai besoin de deux choses : de Lukas, et d'un long fil de cordonnier. J'attacherai le fil autour de ta dent, Lina, puis je ferai un nœud à l'arrière de ma ceinture, je partirai au galop sur Lukas et, *ploff !*, la dent sera partie !

— *Ploff ?* Non merci, répondit Lina, indignée. Non mais, on ne va pas galoper avec moi !

Mais à cet instant précis, la dent lui causa une douleur encore plus cuisante, et Lina changea d'avis. Elle soupira profondément :

— Bon, on va essayer. Que Dieu me protège, pauvre de moi, dit-elle avant de chercher un fil de cordonnier.

Emil fit exactement ce qu'il avait annoncé. Il mena Lukas jusqu'à l'escalier de la cuisine, et lorsque le fil fut bien attaché, il monta à cheval. La pauvre Lina gémissait et se lamentait, attachée derrière la queue du cheval ; la petite Ida tremblait, mais Alfred dit gaiement :

— Il ne reste plus qu'à attendre le *ploff* !

Et Emil partit au galop.

— Ça y est, la dent va partir, dit la petite Ida.

Pas du tout. Car Lina partit au galop, elle aussi. Elle eut une peur atroce à l'idée du *ploff* qui allait se produire dès que le fil de cordonnier serait suffisamment tendu, et, morte de panique, elle s'emballa aussi vite que Lukas. Emil lui cria de s'arrêter, elle n'en fit rien. Lina courait, le fil ne se tendait pas, et il n'y eut pas de *ploff*.

Cependant, Emil s'était mis en tête d'aider Lina à se débarrasser de sa dent, et il n'allait pas abandonner comme ça. Il se dirigea donc vers la clôture la plus proche et, d'un bond, Lukas la franchit. Mais Lina suivit, absolument terrifiée, et elle sauta aussi par-dessus la clôture. La petite Ida ne devait jamais oublier ce spectacle. Oui, elle devait toujours se souvenir de Lina, les joues enflées, les yeux exorbités, le fil de cordonnier pendouillant de sa bouche, qui avait bondi par-dessus la clôture, et qui avait crié :

— Stop ! Stop ! Je ne veux pas de *ploff* !

Après cela, Lina eut honte d'avoir tout gâché, mais il était trop tard. Elle était assise sur l'escalier de la cuisine, la dent toujours en place, l'air découragé. Emil, lui, ne s'avoua pas vaincu.

— Il faut que je trouve un autre moyen, dit-il.

— Oui, et quelque chose qui ne va pas aussi vite, supplia Lina. Cette misérable dent n'a pas besoin d'être arrachée avec un grand *ploff*. Tu pourrais l'enlever lentement !

Après avoir réfléchi un moment, Emil savait comment il allait procéder.

Lina dut s'asseoir contre le poirier et, sous les regards curieux d'Alfred et d'Ida, Emil l'attacha soigneusement au tronc avec une grosse corde.

— Essaie donc de courir comme ça, dit-il.

Emil prit le fil de cordonnier, qui pendait encore de la bouche de Lina, et le tira jusqu'à la meule où Alfred aiguisait sa faux et le papa d'Emil ses haches et ses couteaux. Il accrocha le fil à la manivelle de la meule, il ne lui restait plus qu'à la tourner.

— Cette fois-ci, il n'y aura pas un *ploff* vite fait, il y aura juste un *drrrrr*, aussi lent que tu l'as demandé, dit Emil.

La petite Ida trembla, Lina gémit et geignit, et Emil commença à tourner la manivelle. Le fil de cordonnier s'amenuisa, se tendit, et plus il se tendait, plus Lina paniquait. Mais elle ne pouvait pas s'enfuir en courant.

— Le *drrrrrr* va bientôt commencer, dit la petite Ida.

Mais Lina hurla :

— Stop ! Je ne veux pas !

Vive comme l'éclair, elle prit la petite paire de ciseaux qu'elle gardait dans la poche de son tablier, et elle coupa le fil de cordonnier.

Après cela, Lina eut honte une nouvelle fois, elle était désolée, car elle voulait vraiment se débarrasser de cette dent. C'était complètement ridicule. Emil, Alfred et la petite Ida, eux, n'étaient pas contents du tout, et Emil s'écria :

— Eh bien, garde donc ta vieille dent ! Moi, j'ai fait ce que j'ai pu !

Lina demanda à Emil s'il était prêt à essayer encore une fois, juste une fois, et elle se tiendrait tranquille, promis juré.

— Cette dent doit disparaître une bonne fois pour toutes, même si je dois y laisser ma peau, dit Lina. Allez, apportez le fil !

Emil accepta de faire une nouvelle tentative, Alfred et la petite Ida se réjouirent en entendant cela.

— Moi, je crois que la meilleure méthode, c'est d'aller vite, dit Emil. Mais il faut imaginer un moyen où tu ne peux rien gâcher, même si tu as peur.

Et, inventif comme toujours, Emil trouva une solution.

— On va te mettre sur le toit de l'étable, et tu vas sauter dans le tas de foin juste à côté. Avant même que tu arrives en bas, la dent sera partie – *ploff !*

— *Ploff*, répéta la petite Ida en frémissant.

Malgré tout ce qu'elle avait promis, Lina se rebiffa et refusa de grimper sur le toit.

— Emil, il n'y a que toi pour inventer quelque chose d'aussi horrible, dit-elle en restant obstinément sur l'escalier de la cuisine.

Mais la dent lui causait une douleur folle, et elle finit par se lever en soupirant lourdement :

— Bon, d'accord... On va essayer... Même si je dois en mourir.

Alfred appuya une échelle contre l'étable et Emil grimpa. En agrippant fermement le fil de cordonnier, il tint Lina derrière lui comme un chien en laisse, et elle grimpa docilement, tout en poussant des gémissements.

Emil tenait aussi un marteau et un solide clou de quinze centimètres. Après avoir soigneusement enfoncé le clou à coups de marteau dans l'arête du toit, il y attacha le fil. Tout était prêt.

— Allez, saute ! dit Emil.

La pauvre Lina, à califourchon sur le faîte du toit, poussa un gémissement à fendre le cœur en regardant en bas. Elle vit Alfred et la petite Ida qui levaient la tête en l'air, vers elle, oui, ils attendaient de la voir dégringoler du ciel comme une comète et atterrir dans le tas de foin... Les lamentations de Lina se firent encore plus désespérées.

— Je n'ose pas ! C'est clair et net, je ne peux pas !

— Si tu veux garder ta vieille dent, je m'en moque, dit Emil.

Les hurlements de Lina s'entendirent dans tout Lönneberga. Elle se leva, les jambes flageolantes, elle se retrouva, bien raide, sur le faîte du toit où elle oscillait comme un pin secoué par le vent. La petite Ida se cacha les yeux, elle n'osait pas regarder.

— Oh là là là là là ! sanglotait Lina, oh, là là là là là !

Il serait déjà terrifiant de sauter du toit de l'étable sans une seule dent en bouche, mais sachant qu'il y aurait un terrible *ploff* au milieu de la chute, c'était quasiment insupportable pour Lina.

— Allez Lina, saute ! lui cria Alfred. Vas-y ! Saute !

Lina gémit et ferma les yeux.

— Je vais t'aider pour démarrer, dit Emil, toujours aussi gentil.

Il eut à peine besoin d'effleurer le dos de Lina
du bout du doigt, elle sauta du toit en poussant
un cri perçant.

Et l'on entendit bien un petit *ploff*, mais c'était
le clou de quinze centimètres qui s'était décroché
de l'arête du toit.

Lina se retrouva dans le tas de foin, la dent solidement accrochée, et le clou toujours attaché à l'autre bout du fil de cordonnier.

Elle se mit en colère contre Emil :

— Tu es très fort pour faire des farces et des bêtises, mais comme arracheur de dents, tu es un incapable !

Cependant, cela fit du bien à Lina de se mettre en colère, car, folle de rage, elle fonça chez Pelle le Fort. Il lui prit la dent avec sa grosse pince redoutable, l'arracha avec un petit *ploff,* et Lina, toujours furieuse, la jeta dans le tas d'ordures du forgeron avant de rentrer à Katthult.

Mais ne croyez pas qu'Emil soit resté inactif pendant ce temps-là. Alfred était allé s'allonger dans l'herbe sous le poirier, et, pour le moment, on ne pouvait pas s'amuser avec lui. Emil était donc retourné dans la chambre avec la petite Ida, se disant qu'ils pourraient jouer un peu en attendant que leur papa et leur maman rentrent de l'église et préparent le café.

— On va faire comme si j'étais le docteur de Mariannelund, dit Emil. Et toi, tu seras un enfant malade que je dois guérir.

Ida fut tout de suite d'accord. Elle se déshabilla et se coucha sur le lit, Emil lui examina la gorge et mit l'oreille contre sa poitrine, exactement comme le docteur de Mariannelund.

— Qu'est-ce que j'ai comme maladie ? demanda Ida.

Emil réfléchit. Soudain, il eut une idée :

— Tu as le tuphys. C'est une maladie très grave.

Et il se rappela ce qu'avait dit Krösa-Maja : avec le tuphys, le visage du malade devenait tout bleu. Toujours minutieux avec ce genre de choses, Emil chercha ce qui pourrait l'aider à obtenir la bonne couleur de maladie pour Ida. Sur le bureau, il y avait l'encrier de sa maman dont elle se servait pour consigner les farces et les bêtises d'Emil dans ses carnets, et pour écrire ses invitations à venir prendre le café après l'église. D'ailleurs, le brouillon de cette lettre se trouvait aussi sur le bureau. Il lut « *invitons cordialement* », « *Bien à vous* », et il admira sa maman qui était tellement douée pour bien écrire. C'était autre chose avec Adrian, qui avait seulement réussi à griffonner « *Jé vu un ours* ».

Sa maman n'avait plus besoin du brouillon, Emil froissa la feuille pour en faire une petite boule qu'il trempa dans l'encrier. Lorsque le papier eut bu assez d'encre, Emil repêcha la boule et, la tenant entre ses deux doigts, il s'approcha d'Ida.

— Allez Ida, tu vas voir à quoi ressemble le tuphys, dit Emil, et Ida pouffa de rire, ravie.

— Ferme bien les yeux, pour que l'encre n'y coule pas, ajouta Emil.

Et il couvrit entièrement le visage d'Ida d'un joli bleu, mais, toujours attentif, il veilla à ne pas en mettre autour des yeux. Il épargna ainsi la peau d'Ida à cet endroit et laissa deux grands cercles blancs qui, au milieu de cet océan de bleu donnèrent à Ida un air terriblement malade, au point qu'Emil en eut peur. Elle ressemblait presque à un petit tarsier spectre dont il avait vu une gravure dans *La Vie des animaux*, chez le pasteur.

— Ouh là, dit Emil, Krösa-Maja a raison, le tuphys est une maladie terrible !

À ce moment-là, Krösa-Maja était sortie du bois à petits pas, et, à la barrière de la ferme, elle rencontra Lina qui rentrait de sa visite chez Pelle le Fort.

— Comment va ta dent ? demanda Krösa-Maja, curieuse.

— Je ne sais pas, répondit Lina.

— Comment ça, tu ne sais pas ?

— Ben, elle est dans le tas d'ordures de Pelle le Fort, cette charogne ! Et j'espère bien qu'elle va y rester et qu'elle aura mal à en hurler.

Lina était contente, et sa joue n'était plus aussi enflée. Elle alla trouver Alfred sous le poirier afin de lui montrer le trou dans sa bouche, Krösa-Maja alla dans la cuisine pour commencer à préparer le café. Elle entendit les enfants dans la chambre et voulut dire bonjour à la petite Ida, sa préférée.

Mais en apercevant dans le lit sa petite fille adorée toute bleue sur l'oreiller blanc, Krösa-Maja s'écria :

— Mais qu'est-ce que c'est que ça...

— C'est le tuphys, dit Emil avec un petit sourire.

Au même instant, on entendit le vacarme des voitures et des charrettes sur la route. La maman et le papa d'Emil, et tous leurs invités, avec le pasteur en tête, arrivaient de l'église. Après avoir attaché leurs chevaux à l'écurie, ils se dirigèrent vers la ferme, ils attendaient avec impatience de prendre le café. Krösa-Maja sortit sur l'escalier, et elle cria d'une voix perçante :

— Allez-vous-en ! Allez-vous-en ! Il y a le tuphys à la ferme !

Tout le monde s'arrêta net, terrifié, mais la maman d'Emil demanda :

— Qu'est-ce que tu racontes ? Qui a le typhus ?

La petite Ida apparut à la porte, derrière Krösa-Maja, toute bleue, avec des cercles blancs autour des yeux, en chemise de nuit.

— C'est moi, dit la petite Ida en pouffant de rire.

Tout le monde éclata de rire, tout le monde, sauf le papa d'Emil. Il se contenta de dire, d'une voix tonnante :

— Où est Emil ?

Emil avait disparu. On ne le vit pas de toute la fête.

Après le café, le pasteur alla réconforter Krösa-Maja dans la cuisine, qui était furieuse et triste qu'il n'y ait pas vraiment le tuphys. C'est alors qu'il se produisit quelque chose d'extraordinaire. Une fois Krösa-Maja consolée, le pasteur aperçut le paquet de lettres qu'Emil avait jeté sur une chaise.

Le pasteur poussa un « Ah ! » et s'empara de la lettre qu'Adrian avait envoyée d'Amérique.

— Non, ce n'est pas possible ! Vous avez précisément un timbre que je recherche depuis tellement longtemps !

Le pasteur collectionnait les timbres, et il connaissait la valeur des timbres rares. Sur-le-champ, il offrit quarante couronnes pour le timbre de la lettre d'Adrian.

Le papa d'Emil eut le souffle coupé en entendant mentionner cette somme faramineuse. Imagine un peu, payer quarante couronnes pour un

petit bout de papier pareil ! Il secoua la tête, exaspéré… Encore la chance habituelle d'Emil, bien sûr ! Et la vieille boîte en velours allait aussi se révéler être une bonne affaire, mieux encore, la meilleure affaire qu'Emil avait faite hier à la vente aux enchères !

— Avec quarante couronnes, je peux acheter la moitié d'une vache, dit le papa d'Emil au pasteur, d'un ton réprobateur.

En entendant ça, Emil ne put rester caché dans le coffre à bois. Il souleva le couvercle et sortit la tête, très curieux :

— Si tu vas acheter la moitié d'une vache, dit-il, tu vas prendre celle qui fait meuh à l'avant ou celle qui agite la queue à l'arrière ?

— Emil, va tout de suite à la menuiserie ! dit le papa d'Emil.

Et Emil sortit. Mais, avant, le pasteur lui donna quatre beaux billets de dix couronnes. Le lendemain, Emil prit son cheval jusqu'à Backhorva, il rendit la lettre d'Adrian et leur donna la moitié de l'argent. Les gens de Backhorva le couvrirent de louanges, et il rentra à Katthult, prêt à recommencer ses farces.

— Je crois que j'irai faire un tour aux prochaines ventes aux enchères, déclara-t-il une fois rentré. C'est une bonne idée, tu ne trouves pas, papa ?

Son papa marmonna une réponse, même si personne ne l'entendit.

Cependant, après le café, Emil passa tout le dimanche après-midi dans la menuiserie, et il sculpta son cent-trentième bonhomme en bois. Mais il se rappela que l'on était dimanche, et que l'on ne devait pas se servir d'un couteau ce jour-là, car c'était un grand péché. De fait, il ne fallait probablement pas non plus arracher de dent ni peindre quelqu'un en bleu. Emil posa son bonhomme en bois avec les autres, sur l'étagère. Il resta assis sur le billot pendant que la nuit tombait, et il pensa à ses péchés. Il finit par joindre les mains et prier :

« Cher Dieu, faites que j'arrête mes bêtises ! Bien à vous, Emil Svensson, Katthult, Lönneberga. »

Mardi 10 août

Où Emil a mis la grenouille dans le panier du déjeuner et s'est tellement mal conduit que je n'ose pas le raconter

On ne pouvait pas s'empêcher d'éprouver un peu de peine pour le papa d'Emil. C'est vrai, son gamin avait accumulé les bonnes affaires tandis que lui, il avait seulement ramené une truie de la vente aux enchères. Et imagine un peu, cette bête épouvantable avait eu onze porcelets une nuit où personne ne s'y attendait et elle en avait immédiatement tué dix à coups de dents, car les truies font ça, parfois. Le onzième y serait certainement passé lui aussi si Emil ne l'avait pas sauvé. Emil s'était réveillé en pleine nuit. Il avait mal au ventre et il avait dû sortir. En passant devant la porcherie, il avait entendu un porcelet qui criait à tue-tête. Emil ouvrit la porte et il arriva juste à temps. C'est à l'ultime seconde qu'il arracha le dernier petit cochon de sa méchante mère. Oui, c'était vraiment une vilaine truie, mais elle attrapa une maladie étrange et mourut trois jours plus tard. Pauvre papa d'Emil, tout ce qui lui restait de la vente de Backhorva, c'était un seul petit porcelet. Pas étonnant qu'il soit désolé !

— Il y a que des malheurs et des misères à Backhorva, dit-il à la maman d'Emil quand ils étaient au lit cette nuit-là. Il y a une malédiction sur toutes leurs bêtes, c'est évident.

Emil entendit cela de son lit et il pointa le nez par-dessus le bord du lit.

— Je veux bien prendre le petit cochon, dit-il. Moi, ça ne me gêne pas s'il est maudit.

Mais le papa d'Emil n'appréciait pas ce genre de discours.

— Tu en veux toujours plus, dit-il d'un ton acerbe. Et moi alors ? Et moi, je n'ai jamais droit à *rien* ?

Emil ne répondit pas et ne mentionna pas le cochon pendant un bon moment. Du reste, c'était un petit porcelet particulièrement mal en point, maigre, tremblotant et pas très vif.

« C'est sûrement la malédiction qui lui prend ses forces », songea Emil.

Et il se dit que c'était terrible qu'une chose

pareille frappe un petit cochon qui n'avait rien fait de mal à personne.

La maman d'Emil était de son avis.

— Pauvre petit bout, dit-elle, car c'est ce que l'on dit au Småland quand on a de la peine pour quelqu'un qui est petit.

Lina aussi aimait bien les animaux, et elle avait un faible particulier pour ce porcelet :

— Le pauvre petit bout'chou, il va mourir bientôt.

Il serait sûrement mort si Emil ne l'avait pas porté dans la cuisine, s'il ne lui avait pas fait un lit douillet avec un panier et une petite couverture, s'il ne lui avait pas donné du lait au biberon, et si, pour tout dire, il n'avait pas été une mère pour lui.

Alfred observa comment Emil s'efforçait de nourrir la pauvre petite bête, et il demanda :

— Alors, comment va-t-il ?

— Il est maudit et il ne veut pas manger.

— Ah bon, et pourquoi ? demanda Alfred.

Emil lui expliqua que le porcelet était faible et

malheureux, puisqu'une malédiction pesait sur lui.

— Mais je vais en venir à bout, lui assura Emil. Je l'ai décidé, je vais le garder en vie.

Et c'est exactement ce qu'a fait Emil ! Il ne s'écoula pas longtemps avant que le porcelet soit en pleine forme, tout rose et tout rond comme doit l'être un petit cochon.

— Le petit bout'chou, je crois bien qu'il va s'en tirer, dit Lina.

Elle l'appela « Petit Bout'chou » et ce nom lui resta jusqu'à la fin de ses jours.

— Oui, il va vraiment s'en sortir, ajouta le papa d'Emil. Tu as fait du bon travail, Emil !

Emil fut ravi d'entendre le compliment de son papa, et il en profita pour lui demander :

— Combien de fois faudra-t-il que je lui sauve la vie avant qu'il soit à moi ?

Le papa d'Emil se contenta de répondre par un « hm » d'un air contrarié. Emil ne releva pas et ne mentionna pas le cochon pendant un moment.

Petit Bout'chou était retourné dans la porcherie, mais il n'avait guère envie d'y aller. Il préférait rester sur les talons d'Emil, exactement comme un chien, et Emil le laissait en liberté presque toute la journée.

— Il croit sûrement que tu es sa maman, dit la petite Ida.

Peut-être Petit Bout'chou le pensait-il vraiment, car à peine apercevait-il Emil qu'il accourait avec des grognements de joie. Oui, il voulait être avec Emil, il voulait qu'Emil lui gratte le dos, et Emil ne refusait jamais.

— Moi, j'ai la main pour gratter les cochons, dit Emil.

Il s'asseyait gentiment sur le banc, sous le cerisier, et il grattait longuement Petit Bout'chou. Ce dernier restait là, les yeux fermés, en poussant de petits grognements afin de bien montrer à quel point il était heureux.

Les jours d'été passèrent, les cerises mûrirent peu à peu au-dessus de la tête de Petit Bout'chou, à l'endroit où Emil lui grattait le dos. De temps en temps, Emil prenait une poignée de cerises et en donnait à Petit Bout'chou, qui aimait les cerises, et Emil. Plus le temps passait, plus il se disait qu'un cochon pouvait avoir la belle vie s'il se trouvait dans un endroit où il y avait un Emil.

Emil aimait bien Petit Bout'chou lui aussi, chaque jour un peu plus. Une fois, il était sur le banc en train de gratter le dos de Petit Bout'chou, il se demanda à quel point il l'aimait, et qui d'autre il aimait bien.

« D'abord, il y a Alfred, se dit-il, puis il y a Lukas, et puis Ida et Petit Bout'chou juste après… Mais… Oh là, j'ai oublié Maman… Pour *Maman*, c'est évident… Bien sûr… Mais sinon, c'est Alfred, puis Lukas, Ida, et Petit Bout'chou. »

Il fronça les sourcils et réfléchit longtemps.

« Et puis, il y a Papa et Lina. Oui, j'aime bien Papa certains jours, et d'autres non. Quant à Lina, je ne sais pas, je ne l'aime pas mais je ne la déteste pas non plus… Elle fait partie du paysage, à peu près comme les chats. »

Naturellement, Emil continua de faire des farces et des bêtises à peu près chaque jour, et il se retrouva régulièrement dans la menuiserie, comme on peut le voir dans les cahiers bleus de cette époque. Cependant, la maman d'Emil était très occupée au milieu des moissons et, parfois, elle se contentait d'écrire « *Emil dans la menuiserie* », sans expliquer pourquoi.

Entre-temps, Emil avait commencé à emmener Petit Bout'chou avec lui dans la menuiserie, car le temps passe plus vite en compagnie d'un joyeux petit cochon. Après tout, Emil ne pouvait pas tout le temps sculpter des bonshommes en bois. À la place, il se mit en tête d'apprendre à Petit

Bout'chou toute une série de tours. Dans tout Lönneberga, personne n'aurait pu imaginer qu'un simple petit cochon du Småland aurait été capable d'apprendre des tours pareils. Emil le fit dans le plus grand secret. Petit Bout'chou comprenait vite et il était très content, d'autant plus que chaque fois qu'il réussissait un nouveau tour, Emil lui donnait une friandise. D'ailleurs, Emil possédait une réserve entière de gâteaux, de biscuits, de cerises sèches et de victuailles cachés dans une boîte, derrière l'établi. C'est vrai, il ne savait jamais quand il allait se retrouver dans la menuiserie, et il ne voulait pas mourir de faim inutilement.

— Avec un peu d'adresse et une poignée de cerises sèches, on peut tout apprendre à un cochon, expliqua Emil à Alfred et à Ida lorsque, un samedi soir, il leur montra les tours secrets de Petit Bout'chou, ces tours que personne n'avait encore eu le droit de voir.

Cela se passa sous la tonnelle, et ce fut un grand moment, tant pour Emil que pour Petit Bout'chou. Alfred et Ida étaient assis sur un banc, et ils écarquillèrent les yeux de surprise en découvrant les prouesses merveilleuses dont il était capable. Ils n'avaient jamais vu un cochon comme ça. Il savait s'asseoir quand Emil lui disait : « Assis ! », il se couchait lorsque Emil lui disait : « Couché ! » et quand Emil lui disait : « Fais le beau ! », il tendait sa patte droite et remerciait pour les cerises sèches qu'Emil lui donnait.

Ravie, Ida tapa dans ses mains.

— Est-ce qu'il sait faire autre chose ? demanda-t-elle avec enthousiasme.

Emil cria : « Au galop ! » et, hop, Petit Bout'chou se mit à courir autour des lilas. À intervalles réguliers, Emil criait : « Saute ! », et Petit Bout'chou faisait un bond en l'air avant de se remettre à courir, l'air extrêmement content de lui.

— Oh, comme il est mignon ! dit la petite Ida, et il est vrai que Petit Bout'chou avait l'air adorable en faisant des petits bonds sous la tonnelle.

— Quand même, c'est pas naturel pour un cochon, dit Alfred.

Cependant, Emil était fier et satisfait, car Petit Bout'chou n'avait pas son pareil dans tout Lönneberga, ni dans le Småland entier. C'était certain.

Peu à peu, Emil lui apprit également à sauter à la corde. As-tu déjà vu un cochon sauter à la corde ? Non. Et le papa d'Emil non plus. Un jour qu'il arrivait dans la basse-cour, il y trouva Emil et Ida en train de faire tourner un vieux licou entre eux, et Petit Bout'chou sautait par-dessus en faisant voler la terre avec ses petits pieds à chaque bond.

— Il s'amuse bien, lui assura la petite Ida, mais son papa ne voulut pas l'entendre de cette oreille.

— Les cochons ne sont pas là pour s'amuser, dit-il. Ils sont là pour faire un bon jambon de Noël, et avec tous ces sauts, il va être maigre comme un chien de chasse. Et ça, il n'en est pas question.

Emil frissonna. Petit Bout'chou en jambon de Noël ? Il n'y avait pas pensé. Mais maintenant, si, et il commença à se demander si ce n'était pas un de ces jours où il n'aimait pas tellement son papa.

Ce jour où Emil n'aima pas tellement son papa était le mardi 10 août. C'était donc en début d'une matinée chaude et ensoleillée que Petit Bout'chou sautait à la corde dans la basse-cour et que le papa d'Emil fit cette remarque à propos du jambon de Noël. Puis il disparut, car ce jour-là, on commençait à moissonner le seigle à Katthult, et le papa d'Emil devait rester aux champs jusqu'à la tombée de la nuit.

— Quoi que tu fasses, Petit Bout'chou, dit Emil une fois son papa parti, reste bien maigre comme un chien de chasse, et tu t'en sortiras peut-être. Sinon… Tu ne sais pas de quoi mon père est capable !

Emil s'inquiéta pour Petit Bout'chou toute la journée, et il fit seulement quelques toutes petites farces et bêtises qui se remarquèrent à peine. Il mit Ida dans le vieil abreuvoir en bois où l'on faisait boire les vaches et les chevaux, et fit comme si c'était un bateau sur la mer. Puis il le remplit à ras bord et dit que c'était un bateau qui prenait l'eau de toute part. Ida fut trempée, et trouva ça très drôle. Ensuite, Emil tira avec son lance-pierres sur un bol de crème à la rhubarbe que sa maman avait mis à refroidir sur le bord de la fenêtre du garde-manger. Il voulait seulement voir s'il pouvait l'atteindre, et il n'avait pas pensé que le bol pourrait se casser. À ce moment-là,

Emil fut content que son papa soit très loin, dans le champ de seigle. Sa maman le fit seulement rester dans la menuiserie un court moment, d'une part parce qu'elle eut pitié de lui, d'autre part parce qu'elle avait besoin de lui pour porter aux moissonneurs le panier avec le café et les sandwichs. Dans tout Lönneberga et dans tout le Småland, il était de coutume que les moissonneurs aient leur café aux champs, et, dans toutes les fermes, c'étaient les enfants qui le leur apportaient.

Assurément, les enfants du Småland faisaient des messagers adorables avec leurs paniers, en traversant les boqueteaux et les prés par des chemins sinueux qui aboutissaient à des petits champs tellement pleins de cailloux que l'on en aurait pleuré. Mais, bien sûr, les enfants du Småland ne pleuraient pas, car des fraises des bois poussaient au milieu des cailloux et des pierres, et ils adoraient les fraises.

Ce jour-là, Emil et Ida furent eux aussi chargés de porter le café. Ils partirent de la maison de bonne heure et d'un bon pied, tenant chacun un côté du panier. Cependant, Emil n'avait jamais été capable d'aller directement à un endroit. Il lui fallait toujours faire des détours par-ci ou par-là, où il y avait des choses à voir, et partout où allait Emil, Ida suivait. Ainsi, Emil fit un détour par un petit marais où les grenouilles abondaient, et, naturellement, il en trouva une. Il voulut l'étudier plus attentivement. En outre, il se dit que la grenouille aurait bien besoin de changer d'air, et de ne pas rester dans le marais toute la journée. Il la mit donc dans le panier et referma soigneusement le couvercle. Au moins, là, elle était en sécurité.

— Mais où veux-tu que je la mette ? dit Emil quand Ida lui demanda si c'était une bonne idée de mettre la grenouille dans le panier. Tu sais bien qu'il y a des trous dans mes poches de pantalon. Et puis, je ne vais pas la garder longtemps, elle retournera bientôt dans le marais, ajouta le garçon raisonnable.

Dans le champ, le papa d'Emil et Alfred travaillaient avec leur faux, derrière eux, Lina et Krösa-Maja ramassaient les épis de seigle à mesure qu'ils étaient fauchés pour en faire des gerbes. C'était comme ça que l'on faisait autrefois.

Lorsque Emil et Ida finirent par arriver avec le panier, ils ne furent pas accueillis comme des messagers adorables, non, au contraire, ils se firent copieusement réprimander par leur papa, parce qu'ils étaient en retard. Car il était essentiel que le café soit apporté à l'heure pile.

— En tout cas, un petit café, ça fera du bien, dit Alfred, qui voulait apaiser la situation et changer les idées au papa d'Emil.

Si jamais tu as fait une de ces pauses dans les champs de Lönneberga par une chaude journée

d'août, tu sais à quel point c'est agréable d'être assis sur un tas de pierres, au soleil, à discuter, à prendre le café, à manger un sandwich et à se reposer. Mais le papa d'Emil était encore en colère, et cela ne s'arrangea pas quand il souleva le couvercle du panier. À cet instant, la grenouille sauta droit sur lui et disparut dans sa chemise qui était ouverte sur sa poitrine, à cause de la chaleur. La petite grenouille avait les pattes si froides que le papa d'Emil trouva cela répugnant. Il sursauta, il agita les bras, malheureusement, il renversa la cafetière. Cependant, vif comme l'éclair, Emil la rattrapa et très peu de café fut perdu. On ne voyait plus la grenouille. Paniquée, elle était descendue dans le pantalon du papa d'Emil, et quand il la sentit, il bondit et donna des coups de pied en tous sens. Malheureusement, la cafetière n'était pas loin, et elle fut renversée une

nouvelle fois. Et si Emil n'était pas intervenu aussi rapidement pour la rattraper, il n'y aurait pas eu de café à la pause-café, ce qui aurait été bien triste.

De toute évidence, la grenouille n'était pas très désireuse de rester où elle se trouvait. Elle se fraya un chemin pour sortir du pantalon du papa d'Emil, et Emil la prit dans sa main. Mais le papa d'Emil était *encore* dans une colère noire. Il croyait que la grenouille était une farce d'Emil, ce qui n'était pas du tout le cas. Emil avait pensé que Lina allait ouvrir le panier, et qu'elle aurait été enchantée en voyant une gentille petite grenouille. Je mentionne tout cela pour que tu comprennes que ce n'était pas toujours facile pour Emil, et qu'on lui attribuait des farces qui n'en étaient pas. Par exemple, où Emil aurait-il pu garder la grenouille, je vous le demande ? Il avait des trous dans les poches de son pantalon !

Lina disait toujours :

— Pour les bêtises, je n'ai jamais vu un gamin pareil. Et s'il n'en fait pas lui-même, elles arrivent quand même sur son passage !

Lina n'aurait pas pu être plus proche de la vérité, ce qui est prouvé par ce qui est arrivé plus tard ce jour-là. Emil a eu tellement d'ennuis que j'ose à peine le raconter, et tout Lönneberga en a parlé avec consternation longtemps après. Vraiment, tout est arrivé parce que sa maman était une mère de famille exceptionnelle, et parce qu'il y avait eu beaucoup de cerises à Katthult cette année-là. Mais cela n'a rien changé pour Emil, et, croyez-moi, il a eu de sérieux ennuis !

La maman d'Emil n'avait pas son pareil pour faire des confitures et des conserves, des gelées et des jus, avec ce qui poussait dans les bois ou dans le jardin. Elle cueillait toutes les airelles, les myrtilles et les framboises qu'elle pouvait trouver, elle préparait de la compote de pommes, des poires au gingembre, elle faisait de la gelée de cassis et de groseilles, du sirop de griottes et elle veillait à avoir assez de fruits pour ses desserts durant tout l'hiver. Elle faisait sécher les pommes, les poires et les cerises dans le grand four de la cuisine puis elle les rangeait dans des sacs de toile blancs qu'elle accrochait au plafond du garde-manger. Ah, ce garde-manger faisait plaisir à voir !

En plein milieu de la saison des cerises, Mme Petrell, la dame élégante de Vimmerby, vint à Katthult. Pendant sa visite, la maman d'Emil se plaignit un peu de toutes ses belles cerises dont elle n'allait bientôt plus savoir quoi faire.

— Alma, je pense que vous devriez faire du vin de cerise, dit Mme Petrell.

— Bonté divine ! Ah non ! s'exclama la maman d'Emil.

Elle ne voulait pas entendre parler de vin de cerise. À Katthult, on ne buvait pas d'alcool. Le papa d'Emil ne prenait jamais aucun alcool fort, il ne buvait même pas de bière, sauf quand on lui en offrait une, à la foire ou dans des circonstances de ce genre. Là, il ne pouvait pas refuser. C'est vrai, que faire si quelqu'un lui payait une ou deux bouteilles de bière ? Il avait calculé que deux bières coûtaient trente öre, et l'on ne pouvait pas rejeter trente öre comme ça. Il n'y avait qu'à boire, qu'il le veuille ou non. Mais la maman d'Emil savait qu'il n'accepterait jamais du vin de cerises, et elle le dit à Mme Petrell. Mme Petrell répondit que si, à Katthult, personne ne voulait boire de vin, il y aurait peut-être d'autres gens qui ne seraient pas opposés à un petit verre. Elle, par exemple, serait ravie d'avoir une ou deux bouteilles de vin de cerises. Dans ce cas, pourquoi la maman d'Emil ne mettrait-elle pas à fermenter une jarre de cerises dans un coin reculé de la réserve de pommes de terre, là où personne ne la verrait ? Quand la fermentation serait terminée, Mme Petrell dit qu'elle viendrait chercher son vin, et qu'elle paierait un bon prix.

La maman d'Emil avait toujours du mal à dire non quand quelqu'un lui demandait un service, et, comme je l'ai déjà dit, elle était une mère de famille exceptionnelle qui ne voulait rien gâcher. De plus, elle avait déjà des cerises sèches à ne plus savoir qu'en faire. Sans même vraiment s'en rendre compte, elle promit à Mme Petrell de lui préparer du vin de cerise. Mais la maman d'Emil n'était pas du genre à faire quelque chose en cachette, et elle expliqua la situation au papa d'Emil, qui ronchonna un moment, mais finit par dire :

— Tu feras comme tu voudras ! Au fait, elle a dit qu'elle paierait combien, déjà ?

En fait, Mme Petrell n'avait pas parlé du prix.

Cela faisait donc maintenant plusieurs semaines que son vin était resté à fermenter dans la réserve de pommes de terre et, en ce jour d'août, la maman d'Emil jugea qu'il était prêt. Il était temps de le mettre en bouteilles. Cela tombait bien de faire l'opération pendant que le papa d'Emil était aux champs, comme ça, il ne la verrait pas, et il ne se sentirait ni honteux ni corrompu que l'on fasse du vin chez lui.

Bien vite, la maman d'Emil aligna dix bouteilles de vin sur la table de la cuisine. Elle allait les mettre dans un panier et ranger ce dernier dans un coin de la réserve de pommes de terre, où cela ne gênerait personne. Mme Petrell viendrait chercher son vin quand elle voudrait.

Les cerises qui avaient servi à faire le vin étaient dans un seau posé devant la porte de la cuisine quand Emil et Ida rentrèrent du champ de seigle avec leur panier.

— Emil, dit sa maman, prends ce seau et va enterrer ces cerises dans le tas d'ordures.

Toujours obéissant, Emil partit. Mais le tas d'ordures se trouvait juste à côté de la porcherie, où s'agitait Petit Bout'chou. En apercevant Emil, il grogna très fort, afin qu'Emil comprenne qu'il voulait le rejoindre.

— Oui, oui, tu vas sortir, dit Emil en posant le seau.

Il ouvrit la petite barrière de la porcherie et Petit Bout'chou bondit en poussant un grognement de joie. Il plongea immédiatement le groin dans le seau, car il croyait qu'Emil lui avait apporté à manger. C'est seulement à ce moment qu'Emil commença à se poser des questions sur ce que lui avait dit sa maman – il devait enterrer les cerises dans le tas d'ordures. C'était bizarre, car, à Katthult, on n'avait pas l'habitude de jeter ce qui pouvait être mangé. Et, de toute évidence, ces cerises étaient bonnes. Petit Bout'chou en avait déjà avalé un certain nombre. Emil se dit

que sa maman voulait que les cerises soient mises aux ordures pour qu'elles aient disparu avant que son papa ne revienne des champs.

Petit Bout'chou n'a qu'à les manger, se dit Emil. Il raffole tellement des cerises !

Petit Bout'chou semblait particulièrement apprécier ces cerises. Il grognait de joie et les dévora à en avoir le groin tout rouge. Pour lui faciliter la vie, Emil versa les cerises par terre. Le coq arriva lui aussi, il voulait sa part du festin. Petit Bout'chou lui fit les gros yeux mais ne le chassa pas, et le coq picora les cerises à qui mieux

mieux. Les poules débarquèrent aussi avec à leur tête Lotta la Boiteuse pour voir quelles délices le coq avait dénichées. Petit Bout'chou et le coq les éloignèrent sans merci dès qu'elles pointèrent le bout de leur bec. De toute évidence, le coq et Petit Bout'chou ne voulaient pas partager ces cerises particulièrement bonnes.

Emil était assis juste à côté, sur le seau renversé. Il soufflait dans un brin d'herbe, sans penser à rien en particulier. Soudain, à sa grande surprise, il vit le coq s'effondrer. Le coq essaya plusieurs fois de se remettre sur ses pattes, sans succès. À peine se redressait-il qu'il retombait tête la première. Les poules qui avaient été chassées restaient en groupe, non loin. Elles observaient le comportement étrange de leur coq en caquetant avec inquiétude. Cela agaça le coq qui gisait par terre, il leur adressa un regard furieux. Non mais, n'avait-il pas le droit de rester couché comme bon lui semblait ?

Emil ne comprit pas ce qui était passé par la tête du coq, mais il eut de la peine pour lui, il le ramassa et le remit debout. Le coq resta là un moment, à osciller d'avant en arrière, comme s'il voulait s'assurer qu'il tenait bien sur ses pattes, puis il fut pris d'un coup de folie. Il se mit à chanter, à se pavaner et, après un cocorico strident, il fonça vers les poules. Elles filèrent à toute vitesse et essayèrent de se sauver, car elles voyaient bien que le coq était devenu fou. Emil s'en aperçut également et, tellement absorbé par le coq déchaîné, il ne prêta pas attention à Petit Bout'chou. Pourtant, en parlant de folie, si quelqu'un est brusquement devenu complètement cinglé, c'est bien Petit Bout'chou. Lui aussi se mit à chasser les poules, et, tout en poussant des cris perçants, il chargea sur les talons du coq. Emil fut de plus en plus surpris, il ne comprenait plus rien. Petit Bout'chou grognait férocement et il avait l'air de bien s'amuser. Cependant, Emil voyait que quelque chose clochait avec ses pattes. Elles dérapaient comme s'il ne les contrôlait plus, et Petit Bout'chou serait certainement tombé à la renverse si, chaque fois qu'il allait perdre l'équilibre, il n'avait fait un de ces petits bonds qu'Emil lui avait appris.

Les malheureuses poules, elles, n'avaient jamais vu un cochon se comporter de cette façon, et elles fuyaient pour sauver leur peau. Leur caquetage effrayé faisait pitié, les pauvres ! Non seulement leur coq était devenu fou, en plus, un cochon féroce les pourchassait en bondissant, les yeux écarquillés. C'en était trop.

Oui, c'en était trop ! Emil savait que l'on peut mourir de peur et, soudain, il vit une poule après l'autre s'écrouler sur le sol et ne plus en bouger. Les poules gisaient dans l'herbe, mortes, toutes blanches, immobiles. C'était un spectacle épouvantable. Désespéré, Emil se mit à pleurer. Qu'est-ce que sa maman allait dire quand elle trouverait ses poules dans cet état ? Lotta la Boiteuse, sa poule à lui, gisait aussi sur le sol, comme une masse informe, blanche. Emil la ramassa, oui, elle ne donnait plus aucun signe de vie, elle était morte ! Adieu Lotta la Boiteuse, adieu tous ses

œufs délicieux ! Emil ne pouvait rien faire, si ce n'est l'enterrer dignement, le plus vite possible. Il imaginait déjà l'inscription sur sa pierre tombale :

ICI REPOSE LOTTA LA BOITEUSE,
EFFRAYÉE À MORT PAR PETIT BOUT'CHOU.

Emil était vraiment furieux contre Petit Bout'chou. Il allait enfermer ce monstre dans la porcherie, et il ne le laisserait plus jamais sortir ! En attendant, Lotta la Boiteuse resterait dans la remise à bois. Emil la porta doucement dans ses mains et la déposa sur le billot. Là, elle attendrait en paix son enterrement, la pauvre Lotta !

Quand Emil ressortit de la remise à bois, il vit que le coq et Petit Bout'chou étaient retournés à leurs cerises. Vraiment, ils ne s'en faisaient pas ! Ils avaient d'abord effrayé les poules à les faire mourir de peur, puis ils recommençaient leur festin comme si de rien n'était ! Le coq aurait pu avoir un peu de décence, et montrer un peu de tristesse après que toutes ses épouses eurent été tuées d'un seul coup. Mais, visiblement, il prenait la chose très calmement.

Cependant, le festin de cerises s'arrêta rapidement, car le coq retomba net, imité peu après par Petit Bout'chou. Emil était tellement fâché contre eux qu'il se moquait de savoir s'ils étaient encore en vie. De toute façon, il voyait bien qu'ils n'étaient pas morts comme les poules. Le coq gloussait vaguement, il remuait un peu les pattes, Petit Bout'chou grognait dans son sommeil, et il essayait d'ouvrir les yeux de temps en temps.

Il restait encore beaucoup de cerises dans l'herbe. Emil en goûta une. Elle n'avait pas le goût habituel des cerises, mais, franchement, ce n'était pas mauvais du tout ! Comment sa maman avait-elle eu l'idée de jeter d'aussi bonnes cerises ?

Maman ! Il était obligé d'aller lui parler du drame, de ce qui était arrivé aux poules. Mais il n'en avait guère envie. Pas tout de suite. Il mangea deux ou trois cerises en y réfléchissant… Et puis, encore quelques-unes… Non, il n'allait pas lui parler immédiatement !

À ce moment-là, dans la cuisine, la maman d'Emil avait préparé le dîner pour les moissonneurs. Le papa d'Emil, Alfred, Lina et Krösa-Maja rentrèrent bientôt, fatigués et affamés après une longue journée de labeur. Ils s'assirent autour de la table, mais la place d'Emil restait vide. La maman d'Emil se rappela qu'elle n'avait pas vu son garçon depuis longtemps.

— Lina, va donc voir si Emil n'est pas avec Petit Bout'chou, dit la maman d'Emil.

Lina sortit, et ne revint pas avant un long moment. Lorsqu'elle finit par pousser la porte, elle resta sur le seuil et attendit que tout le monde la regarde. Elle voulait que tout le monde entende bien la chose inouïe qu'elle avait à raconter.

— Qu'est-ce que tu as ? Pourquoi restes-tu plantée là ? Il est arrivé quelque chose ? demanda la maman d'Emil.

Lina sourit.

— S'il est arrivé quelque chose ? Eh bien... Je ne sais pas, moi... En tout cas, les poules sont toutes mortes ! Et le coq est ivre. Petit Bout'chou est ivre ! Et en ce qui concerne Emil...

— Qu'est-ce qui est arrivé à Emil ? demanda sa maman, inquiète.

— Emil... dit Lina avec un soupir. Emil est ivre, lui aussi.

Ce qui s'est passé ensuite ce soir-là est presque indescriptible.

Le papa d'Emil tempêta et cria, la maman d'Emil pleura, la petite Ida pleura, Lina pleura aussi, pour suivre le mouvement. Krösa-Maja se lamenta, elle n'avait pas le temps de rester dîner, il lui fallait immédiatement aller au village pour raconter à tout le monde :

— Oh là là là là ! Les pauvres Svensson, à Katthult ! Emil, cette terreur, est ivre mort, et il a tué toutes les poules ! Oh là là là là !

Alfred fut le seul à rester à peu près calme. Il se précipita dehors avec les autres lorsque Lina annonça les nouvelles épouvantables, et ils trouvèrent Emil, allongé dans l'herbe, à côté du coq et de Petit Bout'chou. Oui, Lina avait raison, Emil était parfaitement ivre. Il était affalé contre Petit Bout'chou, le regard dans le vague, et de toute évidence, il n'allait pas bien. La maman d'Emil éclata en sanglots en apercevant son pauvre petit garçon et elle voulut immédiatement le porter dans sa chambre. Cependant, Alfred, qui s'y connaissait dans ce genre de situation, lui dit :

— Ce serait mieux pour lui de rester au grand air !

C'est ainsi qu'Alfred resta toute la soirée devant les communs avec Emil dans ses bras. Il l'aida quand il avait besoin de vomir, il le consola quand il pleurait, car Emil se réveillait parfois et pleurait sur les misères qu'il avait causées. Il avait bien entendu qu'il était ivre, même s'il ne comprenait pas comment cela avait pu arriver. Emil ignorait que pour faire du vin de cerises, il faut les laisser fermenter longtemps, et les cerises se retrouvent alors gorgées de ce qui rend les gens ivres. C'était pour ça que sa maman lui avait dit d'enterrer les cerises dans le tas d'ordures. Au lieu de cela, il en avait mangé, lui, le coq et Petit Bout'chou, et c'était pour ça qu'il se retrouvait comme une loque dans les bras d'Alfred.

Il y resta longtemps. Ce fut le soir, le soleil se coucha, la lune se leva sur Katthult, Emil était encore dans les bras d'Alfred.

— Comment te sens-tu, Emil ? demanda Alfred en voyant qu'Emil remuait les yeux.

— Je suis toujours vivant, dit Emil d'une voix faible. (Puis il murmura :) Mais si je meurs, Alfred, c'est toi qui auras Lukas.

— Tu ne vas pas mourir, lui assura Alfred.

Non, Emil ne mourut pas, ni Petit Bout'chou, ni le coq.

Ni les poules, d'ailleurs. Et c'est bien le plus étonnant. Alors que tout le monde était attristé, la maman d'Emil envoya la petite Ida chercher un panier de bois. Ida pleurait en sortant de la maison, car c'était vraiment une triste soirée, elle pleura encore plus en entrant dans la remise à bois, car elle aperçut Lotta la Boiteuse qui gisait sur le billot. Morte.

— Ma pauvre Lotta, dit Ida.

Elle tendit sa petite main et caressa Lotta.

Et imagine un peu, Lotta s'anima ! Elle ouvrit les yeux, elle poussa un gloussement agacé, elle sauta du billot et sortit en boitillant, furieuse. Stupéfaite, Ida n'en crut pas ses yeux. Avait-elle des mains magiques, capables de ressusciter un mort ?

Les gens de Katthult étaient tellement préoccupés par Emil qu'ils en avaient oublié les poules,

101

qui étaient encore dans l'herbe. La petite Ida les caressa l'une après l'autre, et chaque poule se réveilla, bien vivante. Car elles n'étaient pas mortes, elles s'étaient simplement évanouies de peur quand Petit Bout'chou les avait pourchassées. Oui, les poules font ça, parfois.

Ida entra fièrement dans la cuisine où se trouvaient ses parents en pleurs. Elle aussi, elle avait des nouvelles.

— Eh bien, moi, j'ai ressuscité les poules, dit-elle, très contente d'elle-même.

Le lendemain matin, le coq, Petit Bout'chou et Emil étaient à peu près rétablis. Toutefois, le coq ne put chanter pendant trois jours. Il essaya de temps à autre, mais au lieu d'un cocorico, il poussait un cri affreux et faux qui le rendait tout penaud. Chaque fois, les poules lui lançaient des regards lourds de reproches, et il allait se cacher dans les buissons, honteux.

Petit Bout'chou, lui, n'avait pas honte. Emil se sentit coupable toute la journée, et Lina ne cessa pas de le rabrouer :

— Ivre mort avec un cochon ! C'est du propre ! Bande d'ivrognes ! C'est tout ce que vous êtes, toi et Petit Bout'chou, et dorénavant, c'est comme ça que je vous appellerai.

— Ça suffit comme ça, dit Alfred en faisant les gros yeux à Lina.

Sur ce, elle ne recommença pas.

Mais l'histoire ne s'arrêta pas là. Dans l'après-midi, trois hommes sévères poussèrent la grille de Katthult, trois membres de la société de tempérance de Lönneberga. Tu ne sais sans doute pas ce qu'est une société de tempérance, mais je peux t'assurer que c'était une chose dont on avait besoin à Lönneberga et dans tout le Småland, autrefois. Les sociétés de tempérance s'efforçaient de faire disparaître le terrible alcoolisme qui rendait malheureux tant de gens jadis, et qui continue de sévir aujourd'hui encore.

Les lamentations de Krösa-Maja au sujet de l'ivresse d'Emil avaient fait réagir la société de tempérance. Les trois messieurs voulaient parler au papa et à la maman d'Emil. Ils dirent que ce serait une bonne idée si Emil pouvait assister à la réunion de la société de tempérance, le soir même, pour être converti aux bienfaits d'une vie d'abstinence et de sobriété. La maman d'Emil se mit dans une colère noire et expliqua ce qui était arrivé à Emil avec les cerises, mais les trois messieurs avaient toujours l'air soucieux. L'un d'eux déclara :

— Oui, mais avec tout ce qu'on entend sur Emil ! Ça ne lui ferait pas de mal de recevoir un savon, ce soir !

Le papa d'Emil était tout à fait d'accord. Cela ne lui plaisait pas, et ce ne serait pas très agréable de se retrouver face à tous ces gens pendant la réunion, d'avoir honte pour son garçon, mais il était peut-être nécessaire d'y aller pour mettre Emil dans le droit chemin.

— J'irai avec lui, marmonna le papa d'Emil, d'un air renfrogné.

— Non, si Emil y va, c'est à moi de l'accompagner, répliqua la maman d'Emil, car elle avait du cran, ma foi ! C'est moi, et personne d'autre, qui ai préparé ce vin misérable, et ce n'est pas à toi d'en souffrir, Anton. C'est moi, et moi seule, qui ai besoin d'entendre un sermon sur la tempérance. Mais si vous croyez que c'est utile, j'emmènerai Emil avec moi.

Le soir même, Emil dut mettre ses habits du dimanche, et il mit également sa gampette. Il n'était pas contre l'idée d'aller là-bas, et d'être converti. Cela pourrait être drôle de voir un peu de monde.

Petit Bout'chou était bien de cet avis, lui aussi. Quand Emil et sa maman quittèrent la maison, Petit Bout'chou courut après eux, il voulait les accompagner. Mais Emil dit : « Couché ! », et Petit Bout'chou se coucha docilement sur la route et resta sans bouger, même s'il suivit Emil des yeux pendant un long moment.

Ce soir-là, croyez-moi, il y avait foule dans la salle de la société de tempérance. Tout Lönneberga voulait participer à la conversion d'Emil à la sobriété. Le chœur de la société était réuni sur l'estrade, au fond de la salle, et dès qu'Emil franchit la porte, les chanteurs entonnèrent à plein poumons :

Ô toi jeune homme frêle,
Qui prend ainsi le verre
Plein de poison mortel...

— Ce *n'était pas* un verre, dit la maman d'Emil d'un ton fâché, mais seul Emil l'entendit.

Quand le cantique fut terminé, un homme s'avança, il fit un long sermon à Emil et, à la fin, il lui demanda s'il était prêt à faire un vœu de sobriété qui vaudrait jusqu'à la fin de ses jours.

— Moi, je veux bien, répondit Emil.

Au même instant, on entendit un petit grognement à la porte, et Petit Bout'chou s'avança en trottinant. Il avait suivi Emil en cachette, et il faisait son entrée. Il fut ravi d'apercevoir Emil au premier rang, et il courut droit vers lui. Cela causa une grande agitation, car on n'avait encore jamais vu un cochon dans la salle de la société de tempérance, et l'on n'en voulait pas plus maintenant. On pensait que la présence d'un cochon dans ces lieux n'était pas convenable. Mais Emil dit :

— Il aurait bien besoin de faire un vœu de sobriété, lui aussi. C'est vrai, il a mangé plus de cerises que moi.

Petit Bout'chou semblait surexcité, et Emil lui dit : « Fais le beau ! » À la stupéfaction des gens de Lönneberga, il s'assit sur ses pattes de derrière, comme un chien et il avait l'air très gentil et comme il faut. Emil sortit quelques cerises sèches de sa poche et les lui donna. Les gens de Lönneberga n'en crurent pas leurs yeux quand le cochon tendit immédiatement la patte droite en guise de remerciement.

Tout le monde s'intéressa tellement à Petit
Bout'chou que l'on faillit oublier le vœu de
sobriété. Emil fut obligé de le rappeler :

— Dites, est-ce que je dois faire ce vœu ou
non ?

Ainsi, Emil jura « *de s'abstenir de toute boisson
forte à l'avenir, et d'œuvrer par tous les moyens à
la sobriété chez ses semblables* ». Ces belles paroles
signifiaient que, de toute sa vie, Emil ne devrait
jamais boire d'alcool et veiller à ce que les autres
en fassent autant.

— Hé, Petit Bout'chou, c'est valable pour toi
aussi, dit Emil après avoir juré.

Plus tard, à Lönneberga, tout le monde dit que
personne, sauf Emil, n'avait jamais prononcé un
vœu de sobriété en compagnie d'un cochon.

— Mais le petit gars de Katthult, c'est un ori-
ginal, dirent-ils.

Lorsque Emil rentra dans la cuisine de la ferme

avec Petit Bout'chou sur les talons, il trouva son papa, seul, et, à la lueur de la lampe à pétrole. Emil vit que son papa avait pleuré. Emil n'avait jamais vu pleurer son papa, et il n'aima pas ça. Puis son papa déclara quelque chose qu'il aima bien plus :

— Écoute-moi, Emil. (Il posa fermement les bras sur les épaules du garçon, sans le quitter des yeux.) Emil, si tu me promets de ne jamais boire d'alcool, tu peux garder ce maudit cochon... De toute façon, je vois mal quel lard je pourrais tirer de lui après tous ces bonds et toute cette ivrognerie.

Emil fut tellement heureux qu'il sauta en l'air. Il promit une nouvelle fois qu'il ne boirait jamais de sa vie. Et il tint sa promesse. On ne vit jamais un président du conseil communal aussi sobre qu'Emil, à Lönneberga et dans le Småland entier. Peut-être n'est-ce donc pas une si mauvaise chose qu'il ait mangé des cerises fermentées, un jour d'été, quand il était petit.

Cette nuit-là, Emil discuta longtemps avec Ida.

— Maintenant, j'ai un cheval, une vache, un cochon et une poule.

— Oui, mais c'est moi qui ai ressuscité la poule, lui rappela la petite Ida, et Emil l'en remercia.

Il se réveilla tôt le lendemain et il entendit Alfred et Lina qui parlaient dans la cuisine en prenant leur café. Il sauta du lit, il lui fallait annoncer à Alfred qu'il pouvait garder Petit Bout'chou.

— Emil Svensson, propriétaire de bétail, dit Alfred en riant doucement.

Lina rejeta la tête en arrière d'un air de dédain et déclama une petite chanson qu'elle avait inventée pendant qu'elle trayait les vaches :

Sa maman l'a emmené chez les tempérants,
d'un ivrogne un homme ils ont fait,
il a promis qu'il ne boirait plus jamais
et on lui a donné le cochon qu'il était avant.

Difficile d'imaginer une chansonnette plus idiote. « *Et on lui a donné le cochon qu'il était avant* », c'est vraiment idiot, mais cela ressemblait bien à Lina, elle ne savait pas ce qu'elle faisait.

Puis ce fut l'heure pour Alfred et Lina de retourner au champ de seigle avec le papa d'Emil et Krösa-Maja.

La maman d'Emil se retrouva seule avec les enfants. Ça l'arrangeait car, ce jour-là, Mme Petrell devait venir chercher ses bouteilles de vin, et elle ne tenait pas à ce que le papa d'Emil soit dans les parages à ce moment-là.

Ce serait un soulagement d'être débarrassé des bouteilles, songea-t-elle en s'affairant à la cuisine. Mme Petrell serait là d'un instant à l'autre, et on ne tarderait pas à entendre les roues de sa voiture sur la route. Curieusement, la maman d'Emil entendit un bruit très différent – le fracas de verre brisé, qui venait de la réserve de pommes de terre.

Elle regarda par la fenêtre et aperçut Emil. Il était là, le tisonnier à la main, et les bouteilles alignées devant lui. Il les cassait l'une après l'autre, les éclats de verre volaient en tous sens, le vin coulait.

La maman d'Emil ouvrit brusquement la fenêtre et cria :

— Emil ! Qu'est-ce qui te prend ? Qu'est-ce que tu fais ?

Emil s'arrêta juste assez pour répondre :

— J'œuvre pour la sobriété. Et j'ai pensé commencer avec Mme Petrell.

Quelques jours dans la vie d'Emil
où il a fait quelques
petites bêtises et aussi
beaucoup de bonnes choses

La terrible histoire du vin de cerises est une chose dont on s'est longtemps souvenu à Lönneberga. En revanche, la maman d'Emil aurait préféré l'oublier le plus vite possible. Elle ne dit pas un mot dans le cahier bleu sur ce qui était arrivé à Emil en ce funeste 10 août. C'était trop épouvantable, elle ne pouvait se résoudre à l'écrire. Mais, le 11 août, elle rédigea une petite note, et quand on la lit, sans être averti, on ne peut s'empêcher de sursauter.

Que Dieu prautège mon Garçon, mais aujour-
d'hui, o moins, il n'était pas ivre.

C'est tout ce qui était écrit. Pas un mot de plus.
Et que croire, alors ? On a franchement l'impression qu'Emil était rarement sobre. Je trouve que
la maman d'Emil aurait vraiment dû expliquer ce
qui s'était passé. Mais, comme je l'ai dit, elle n'en
avait pas la force.
Il y a également une note le 15 août.

Cette nuit, Alfred et Emil ont attrappé des écreu-
visses, ils en ont pris soixante vingtaines, maizen-
suite, hélas, oui, hélas...

Soixante vingtaines, as-tu jamais entendu une
chose pareille ? Cela fait une quantité inouïe
d'écrevisses, vas-y, fais le calcul ! J'ai envie de dire
qu'Emil a eu de la chance cette nuit-là, et si tu es
jamais allé à la pêche aux écrevisses dans un petit
lac du Småland par une nuit d'août, tu comprendras pourquoi. Tu sais à quel point c'est
drôle, à quel point on est trempé, à quel point
tout paraît étrange. La nuit est si profonde, les
bois sont tellement sombres autour du lac, il n'y
a pas un bruit, on entend l'eau clapoter contre
ses jambes lorsque l'on patauge au bord de la rive.
Si on a une torche, comme Emil et Alfred, on voit
les écrevisses, grosses et noires, qui rampent au
milieu des pierres, au fond du lac, il suffit de

plonger la main, de les saisir par le dos, une après l'autre, et de les mettre dans le sac.

À l'aube, quand Emil et Alfred rentrèrent, ils avaient plus d'écrevisses qu'ils ne pouvaient en porter, mais Emil chantait et sifflotait.

C'est papa qui va être surpris, se dit-il. Emil aimait montrer à son papa à quel point il était un brave garçon, même si, souvent, ça ne marchait pas. Il voulait que son papa voie cette quantité d'écrevisses dès son réveil, et il les versa dans le grand chaudron en cuivre, celui où il prenait son bain, le dimanche, avec Ida. Puis il tira le chaudron dans la chambre, à côté du lit de son papa.

Quel tohu-bohu ça va faire dans la maison quand ils vont se réveiller et voir mes écrevisses,

115

se dit Emil. Sur ce, fatigué et content, il se glissa dans son lit et s'endormit.

Le silence régnait dans la chambre, on entendait seulement les petits ronflements du papa d'Emil. Et puis, le léger bruissement des écrevisses qui s'agitaient, qui rampaient les unes sur les autres, comme le font toutes les écrevisses dignes de ce nom.

Le papa d'Emil avait l'habitude de se lever très tôt le matin, et il ne dérogea pas à cette règle ce matin-là. À peine l'horloge de la chambre avait-elle sonné ces cinq coups qu'il repoussa la couverture et glissa ses jambes hors du lit. Il resta assis un moment pour finir de se réveiller. Il s'étira, bâilla, se gratta la tête et remua les doigts de pied. Un jour, son gros orteil gauche avait été pris dans une souricière qu'Emil avait installée et, depuis, son orteil était un peu raide et avait besoin d'être assoupli le matin. Alors que le papa d'Emil était tranquillement en train d'assouplir son orteil, il poussa un hurlement qui réveilla la maman d'Emil et la petite Ida. Elles furent terrifiées, car elles crurent que l'on assassinait le papa d'Emil – au moins. Mais ce n'était qu'une écrevisse qui s'agrippait à son gros orteil, le même orteil qui avait été pris dans la souricière. Si jamais tu t'es retrouvé avec le gros orteil pris dans les pinces d'une écrevisse, tu sais que c'est aussi douloureux qu'une souricière. On peut hurler pour moins que ça. Les écrevisses sont des bestioles têtues, elles s'accrochent et ne lâchent rien, elles pincent fort, toujours plus fort. Pas étonnant que le papa d'Emil se mette à crier ! D'ailleurs, la maman d'Emil et la petite Ida crièrent à leur tour en apercevant les écrevisses, ces centaines d'écrevisses qui rampaient sur le plancher. Oh oui, il y eut un tohu-bohu du tonnerre, ce matin-là !

— Emil ! cria le papa d'Emil, à pleins poumons.

D'une part, il était en colère, d'autre part il voulait qu'Emil aille chercher les tenailles dont il avait besoin pour enlever l'écrevisse. Mais Emil dormait profondément, et ce n'était pas un tohu-bohu qui allait le réveiller. Le papa d'Emil fut obligé de sauter à cloche-pied jusqu'à la boîte à outils dans la cuisine pour y prendre les tenailles. Lorsque la petite Ida le vit sautiller ainsi avec l'écrevisse accrochée à son gros orteil, elle en eut le cœur serré, en pensant à Emil qui ratait tout ça.

— Emil, réveille-toi ! cria-t-elle. Réveille-toi si tu veux voir quelque chose de rigolo !

Mais elle se tut quand son papa lui fit les gros yeux. De toute évidence, il ne comprenait pas ce qui était rigolo.

Entre-temps, la maman d'Emil se mit à quatre pattes pour ramasser les écrevisses. Deux heures plus tard, elle les avait toutes récupérées et quand Emil se réveilla enfin dans la matinée, il sentit seulement l'odeur délicieuse des écrevisses cuites qui venait de la cuisine, et il bondit du lit, tout heureux.

On mangea des écrevisses pendant trois jours à Katthult, avec délice. En outre, Emil nettoya une énorme quantité de queues d'écrevisses qu'il vendit à la femme du pasteur à vingt-cinq öre le litre. Il partagea équitablement la somme avec Alfred, qui était toujours à court d'argent, et qui trouva qu'Emil était très intelligent d'avoir eu cette idée.

— Tu es rusé en affaires, toi, Emil, dit-il, et il disait vrai.

Emil avait déjà cinquante couronnes dans sa tirelire, de l'argent qu'il avait gagné en différentes occasions. Un moment, il songea à faire une grosse affaire et vendre tous ses bonshommes en bois à Mme Petrell, puisqu'elle les aimait tellement. Mais, heureusement, cela n'aboutit pas. Les bonshommes en bois restèrent sur leur étagère où ils se trouvent aujourd'hui encore. Mme Petrell voulut également acheter le fusil en bois d'Emil et le donner à un petit garçon insupportable qu'elle connaissait, mais cela ne se fit pas non plus. Certes, Emil pensait qu'il commençait à être trop grand pour jouer avec, mais il ne voulait pas le vendre pour autant. À la place, il le cloua au mur de la menuiserie et écrivit au-dessus, au crayon rouge :

SOUVENIR D'ALFRED.

Emil portait sans cesse sa gampette, il ne pouvait pas s'en passer, et elle était encore sur sa tête le premier jour où il alla à l'école. Oui, le moment était venu pour Emil d'aller à l'école, et tout Lönneberga retint son souffle.

Lina ne pensait rien de bon de la future scolarité d'Emil.

— Il va mettre l'école sens dessus dessous, et il va mettre le feu à la maîtresse, dit-elle.

Mais la maman d'Emil la regarda durement.

— Emil est un gentil petit garçon, répliqua-t-elle. Oui, il est vrai qu'il a mis le feu à la femme du pasteur l'autre jour, mais il a déjà été envoyé à la menuiserie pour cela. Tu n'as donc vraiment pas besoin d'en rajouter, après coup.

C'était le 17 août qu'Emil s'était retrouvé dans la menuiserie à cause de la femme du pasteur. Ce jour-là, elle était venue à Katthult pour obtenir un motif de tissage de la part de la maman d'Emil. Elle fut invitée à prendre le café sous la tonnelle pendant qu'elle l'étudiait. Elle n'avait pas une bonne vue, et sortit une loupe de son sac. Emil n'avait jamais vu de loupe et se montra très intéressé.

— Je te la prête, si tu veux dit la femme du pasteur, naïvement.

Elle ignorait qu'Emil était capable de faire des bêtises et des farces avec tout, absolument tout, et une loupe s'y prête fort bien. Emil s'aperçut rapidement qu'il pouvait l'utiliser comme verre ardent. Lorsque le soleil brillait sur le verre, les rayons étaient concentrés en un seul point rougeoyant, et Emil se mit à la recherche de quelque chose de facilement inflammable, pour y mettre le feu.

La femme du pasteur était assise tranquillement, elle parlait et parlait encore avec la maman d'Emil, elle tenait la tête bien droite et immobile. Les plumes d'autruche qui se dressaient sur son beau chapeau parurent tout appropriées à Emil, et il essaya. Il ne croyait pas réussir, mais il se dit qu'il devait essayer car, si l'on ne faisait pas d'expérience, comment apprendrait-on quelque chose ?

Le résultat de son expérience est consigné dans le cahier bleu.

En fait, une odeur de brûlé et de la fumée a commencé à venir de la femme du pasteur, je veux dire de ses plumes, bien sûr. Mais elles ont jamais pris feu, ça senté seulemant le brûlé. Et moi qui croyai qu'Emil se comporterait mieux maintenant qu'il a fait le vœu de la Société de Tampérance. Eh bien, Monsieur le Tampérant a passé la journée dans la menuiserie. Exactement.

Emil commença l'école le 25 août. Si les gens de Lönneberga pensaient qu'il allait se couvrir de honte, ils se trompaient lourdement. La maîtresse fut la première à deviner qu'un futur président du conseil communal était assis sur le banc près de la fenêtre car – stupéfaction ! – Emil fut le premier de la classe ! Il savait déjà lire avant de venir à l'école, et écrire un peu également, et il apprit à compter plus vite que quiconque. Naturellement, il fit quelques farces, mais aucune bêtise que la maîtresse ne jugea insupportable… Oui, bien sûr, il y eut cette fois où il lui donna un bisou sur les lèvres, ce dont on parla longtemps à Lönneberga.

Voilà ce qui s'est passé. Emil était au tableau et il avait réussi une addition compliquée. Lorsqu'il eut terminé, la maîtresse lui dit :

— C'est bien, Emil, tu peux t'asseoir à ta place !

Ce qu'il fit, mais en passant, il se baissa vers la maîtresse d'école et lui donna un gros baiser sur les lèvres. Une chose pareille ne lui était jamais arrivée. Elle rougit et bredouilla :

— Mais… Mais… Pourquoi as-tu fait ça, Emil ?

— Je l'ai fait de bon cœur, répondit Emil.

Et cette phrase devint presque un proverbe à Lönneberga. « Je l'ai fait de bon cœur, comme disait le gamin de Katthult quand il a embrassé la maîtresse d'école. » Voilà ce que disaient les gens de Lönneberga, et, si ça se trouve, ils le disent peut-être encore aujourd'hui.

Pendant la récréation, un des grands vint embêter Emil à ce sujet.

— Dis donc, toi qui embrasse la maîtresse, dit-il en ricanant.

— Oui ? répondit Emil. Tu veux que je recommence ?

Mais il ne recommença pas. Cela se produisit une fois, une seule et unique fois. D'ailleurs, la maîtresse d'école ne fut pas fâchée contre Emil à cause de ce bisou, loin de là.

Il y a d'autres choses qu'Emil faisait de bon cœur. À l'heure du déjeuner, il fonçait à l'hospice et lisait le *Smålands-Tidningen* à Jocke le Farceur et aux indigents. Tu vois, Emil faisait aussi de bonnes actions.

Pour Jocke le Farceur, Johan Un Sou, Petite Bûche, Kalle le Pique et pour tous les autres indigents, la venue d'Emil représentait le meilleur moment de la journée. Peut-être Jocke le Farceur ne comprenait-il pas clairement les nouvelles, car lorsque Emil lui lut qu'il allait y avoir un grand

bal à l'hôtel de ville d'Eksjö le samedi suivant,
Jocke le Farceur joignit les mains pieusement et
dit :

— Amen, que la volonté du Seigneur soit
faite !

Toutefois, le plus important c'est que Jocke et
les autres aimaient écouter quand Emil leur faisait
la lecture. Seule la commandante n'aimait pas ça.
Elle s'enfermait dans sa chambre au grenier, car
elle avait jadis été prise dans un piège à loup
qu'Emil avait creusé. Et ça, elle ne l'oubliait pas.

Tu es peut-être en train de te dire qu'Emil
n'avait plus le temps de faire des farces après avoir
commencé l'école. Rassure-toi ! Quand Emil était

petit, il avait seulement école un jour sur deux.
Quelle chance !

— Qu'est-ce que tu fabriques, à cette heure ?
lui demanda Jocke le Farceur un jour qu'Emil
venait lui lire le journal.

Emil réfléchit un moment et répondit franchement :

— Un jour sur deux je fais des farces, un jour
sur deux je vais à l'école.

Dimanche 14 novembre

Où le pasteur a fait le catéchisme à Katthult et Emil a enfermé son papa dans les cabinets

L'automne était arrivé et s'était installé. Les jours se firent de plus en plus gris et de plus en plus sombres à Katthult, dans tout Lönneberga et dans le Småland entier.

— Quelle horreur ! disait Lina lorsqu'elle devait aller à l'étable, quand il faisait noir, à cinq heures du matin.

Bien sûr, elle avait une lanterne pour éclairer le chemin, mais la lumière était si faible et pitoyable dans cet océan de gris. Oui, l'automne entier n'était qu'une longue journée de grisaille, avec quelques fêtes et le catéchisme comme seuls moments pour l'illuminer modestement.

Je parie que tu n'as jamais entendu parler de catéchisme à domicile, mais, à cette époque, les gens étaient supposés connaître à peu près le catéchisme et les histoires de la Bible. Le pasteur devait donc questionner les gens pour se rendre compte de ce qu'ils savaient, non seulement les enfants, que l'on ne cessait d'interroger, mais aussi tout le monde dans la paroisse, les grands comme les petits. Ces soirées avaient lieu à tour de rôle dans toutes les fermes de Lönneberga, et si le catéchisme n'était pas si drôle, la fête après coup l'était toujours. Toutes les personnes de la paroisse y participaient, même les indigents de l'hospice. Tous ceux qui pouvaient se déplacer y venaient, car lorsqu'il y avait une séance de catéchisme à domicile, il y avait à manger à profusion, et la plupart des gens trouvaient ça formidable.

Il y avait catéchisme à Katthult un jour de novembre, et tout le monde s'en réjouissait, en particulier Lina, qui adorait ça.

— Oui, mais peut-être pas toutes ces questions, dit-elle. Parfois, je ne sais pas quoi répondre.

C'est vrai, Lina n'était pas toujours très à l'aise avec la Bible. Le pasteur le savait, et il lui posait des questions faciles, car il était gentil. Il avait longuement parlé d'Adam et Ève, les premiers êtres humains sur terre, qui vivaient au jardin d'Eden, et il pensait que tout le monde connaissait cette histoire, même Lina. Lorsque ce fut le tour de Lina d'être interrogée, il lui demanda gentiment :

— Alors, Lina, qui étaient nos premiers ancêtres ?

— Thor et Freya, répondit-elle sans hésiter.

La maman d'Emil fut rouge de honte en entendant la réponse idiote de Lina. Thor et Freya étaient d'anciens dieux scandinaves que les gens du Småland vénéraient il y a très longtemps, à l'époque païenne, bien longtemps avant qu'ils n'aient entendu parler de la Bible.

— Tu es une mécréante et tu vas le rester pour toujours, dit la maman d'Emil à Lina, mais Lina se défendit :

— Vous mélangez tant de choses ! Comment voulez-vous que je sache qui vient avant qui ?

Cependant, le pasteur resta gentil ce soir-là. Il fit comme s'il n'avait pas entendu la mauvaise réponse de Lina et se mit à raconter comment Dieu avait créé le monde et les hommes qui y vivaient, en disant à quel point sa Création était extraordinaire.

— Même toi, Lina, tu es un vrai miracle, lui assura le pasteur, et il demanda à Lina si elle y avait réfléchi, et si elle ne trouvait pas extraordinaire d'avoir été créée par Dieu.

Lina répondit que oui, puis, réflexion faite, elle ajouta :

— Enfin, bon, ça a pas dû être trop compliqué de me faire *moi*. Par contre, tous les petits machins des oreilles qui tournent dans tous les sens, ça a dû être un vrai cauchemar à les assembler !

La maman d'Emil rougit une nouvelle fois, car elle avait l'impression que les réponses idiotes de

Lina faisaient honte à toute la ferme. La situation ne s'améliora pas lorsque les éclats de rire d'Emil montèrent du coin de la pièce. Pauvre maman d'Emil, on n'avait pas le droit de rire pendant le catéchisme. Elle était consternée et ne parvint pas à se détendre durant le reste du catéchisme, jusqu'au moment où l'on commença la fête.

La maman d'Emil avait préparé toutes les bonnes choses qu'elle avait l'habitude de servir à ses propres festins, même si le papa d'Emil avait essayé de l'en dissuader.

— Tout de même, la Bible et le catéchisme, c'est ça l'important, pas les boulettes de viande et les gâteaux au fromage blanc !

— Il y a un temps pour tout, répondit la maman d'Emil, avec sagesse. Il y a un temps pour le catéchisme, et un temps pour les gâteaux au fromage blanc !

Oui, assurément, il y avait un temps pour les gâteaux, et toutes les personnes présentes pour le catéchisme à Katthult en mangèrent et les apprécièrent. Emil en dévora de grandes portions avec de la confiture et de la crème, et quand il eut terminé, sa maman lui demanda :

— Emil, va rentrer les poules, s'il te plaît !

Les poules étaient laissées en liberté toute la journée, mais, à la tombée de la nuit, il fallait les rentrer à cause du renard qui rôdait aux alentours.

Il faisait presque nuit et il pleuvait. Pourtant,

Emil était content de sortir de la pièce surchauf-
fée, de laisser derrière lui les discussions et les
gâteaux pour un moment. Les poules étaient déjà
presque toutes montées sur leurs perchoirs dans
le poulailler. Seules Lotta la Boiteuse et deux
autres poules agitées grattaient encore le sol sous
la pluie, Emil les rentra et mit soigneusement le
crochet. Le renard pouvait venir si ça lui chantait.

La porcherie se trouvait à côté du poulailler.
Emil s'empressa d'aller voir Petit Bout'chou et
promit de lui apporter des restes du festin.

— Ils laissent toujours quelque chose dans leur
assiette, quand ils ont bien mangé, ces goinfres,
dit Emil.

Petit Bout'chou grogna, plein d'espoir.

— Je reviens tout à l'heure, dit Emil avant de
refermer soigneusement le loquet de la porcherie.

Derrière la porcherie, il y avait les cabinets.
Oui, on les appelait comme ça, autrefois. Tu vas
peut-être dire que ce n'est pas un mot très joli,
mais si tu avais entendu le mot employé par
Alfred. Lui, il les appelait les… Non, tu n'as pas
besoin d'apprendre ce mot-là ! D'ailleurs, à Katthult, les cabinets portaient un nom bien plus joli.
On les appelait la Cabane à Trisse, du nom d'un
garçon de ferme qui s'appelait Trisse et qui, du
temps du grand-père d'Emil, avait construit le
petit chalet de nécessité.

Emil avait fermé le loquet du poulailler, celui
de la porcherie et, dans son élan, il ferma le loquet
de la Cabane à Trisse, ce qui était bien étourdi
de sa part. Il aurait dû s'apercevoir qu'il y avait
quelqu'un à l'intérieur, puisque le loquet n'était
pas mis à l'extérieur. Mais Emil ne s'était pas
arrêté pour réfléchir. En un éclair, il avait bloqué

la porte, puis il était reparti à pas légers, et il chantait tout en courant :

J'ai fermé la porte par-ci,
J'ai fermé la porte par-là,
J'ai fermé les portes partout !

Dans la Cabane à Trisse, le papa d'Emil entendit la joyeuse chanson, et il craignit le pire. Il se précipita à la porte et tenta de l'ouvrir. Oui, exactement, elle était bloquée par le crochet. Le papa d'Emil poussa un hurlement :

— EMIL !

Mais Emil était déjà loin, il chantait à tue-tête « *J'ai fermé la porte par-ci* », et il n'entendit rien.

Pauvre papa d'Emil. Il était tellement furieux

134

qu'il faillit s'étouffer. C'était absolument épouvantable. Comment allait-il sortir de là ? Il cogna
à la porte, il la frappa à coups redoublés, mais à
quoi bon ? Il se mit à donner des coups de pied
jusqu'à s'en faire mal aux orteils, mais Trisse avait
fait du bon boulot, c'était une porte solide qui ne
céda en rien. Le papa d'Emil s'énerva de plus en
plus. Il fouilla désespérément dans les poches de
son pantalon à la recherche de son canif. Avec ça,
il pensait parvenir à faire un trou suffisant pour y
glisser la pointe de la lame, et soulever le loquet.
Mais son canif se trouvait dans son pantalon de
travail et, ce soir-là, il portait ses habits du dimanche. Le papa d'Emil resta un long moment planté
là, pestant de rage. Non, il ne jura pas ni ne dit

de gros mots, il était bedeau après tout. Mais il pesta beaucoup contre Emil et ce Trisse qui n'avait même pas installé une vraie fenêtre aux cabinets, mais juste une lucarne étroite au-dessus de la porte. Le papa d'Emil contempla avec colère cette lucarne bien trop petite, puis il donna encore quelques coups de pied dans la porte avant de se rasseoir et d'attendre.

Il n'y avait pas moins de trois sièges dans la Cabane à Trisse, il s'assit sur l'un d'eux, en grinçant des dents, et il attendit avec fureur la venue de quelqu'un, une personne qui aurait aussi à faire en cet endroit.

« Malheur au premier qui viendra, parce que je vais l'étriper », songeait le papa d'Emil. C'était très injuste, et pas gentil du tout de la part du papa d'Emil, mais tu comprendras qu'il était très en colère.

La nuit tomba sur la Cabane à Trisse. Le papa d'Emil attendit, attendit encore, mais personne ne vint. Il entendit la pluie tambouriner sur le toit, un bruit déprimant. Sa colère ne fit qu'augmenter. Non, il n'allait pas rester ainsi, seul, dans le noir, pendant que les autres étaient joyeusement réunis dans la maison éclairée et qu'ils festoyaient à ses dépens ! Il fallait que ça cesse ! Il avait besoin de sortir ! Sortir ! Même s'il devait passer par la lucarne !

— Vraiment, j'en ai par-dessus la tête ! s'exclama-t-il en se levant.

Il y avait une caisse de vieux journaux dans les cabinets. Il la redressa et monta dessus. Il arrivait pile à la bonne hauteur. Jusque-là, tout allait bien. Il retira la vitre sans difficulté, puis il passa la tête pour guetter de l'aide.

Il ne vit personne. En revanche, la pluie lui dégringola dans le cou avec force, elle coula sous le col de sa chemise, ce qui est particulièrement désagréable. Cependant, personne n'aurait pu arrêter le papa d'Emil en cet instant, même si le Déluge lui était tombé dessus.

À grand-peine, il parvint à passer les bras et les épaules par la lucarne, puis il se tortilla pour avancer encore.

Si on est vraiment en colère, il n'y a pas le choix, se dit-il. Mais, soudain, il s'arrêta net. Impossible d'aller plus loin ! Il se débattit au point d'étouffer,

il agita furieusement les bras et les jambes mais parvint seulement à renverser la caisse. Et il se retrouva suspendu en l'air, sans avoir d'appui, il ne pouvait ni avancer, ni reculer, le pauvre !

Et que fait un bedeau qui se retrouve avec une moitié du corps sous la pluie battante et l'autre moitié à l'intérieur des cabinets ? Crie-t-il au secours ? Oh non ! Non, car il connaît les gens de Lönneberga. Il sait que si cette histoire se répand dans le canton, les rires ne cesseront pas tant qu'il y aura âme qui vive à Lönneberga, et dans tout le Småland. Pour lui, il est absolument hors de question de crier à l'aide.

Pendant ce temps-là, Emil, très content de lui, était retourné à la fête et faisait de son mieux pour amuser la petite Ida. Elle trouvait le catéchisme ennuyeux, Emil l'avait donc emmenée dans

l'entrée et ils s'entraidaient pour essayer les galoches. Il y en avait de longues rangées, petites et grandes, Ida pouffa de rire quand Emil, chaussé des galoches du pasteur, déambulait en disant « *en conséquence* » et « *qui plus est* », exactement comme le pasteur. Pour finir, les galoches étaient éparpillées dans toute l'entrée et Emil, toujours soigneux, les ramassa pour en faire une grosse pile, au milieu du passage.

Soudain il se rappela qu'il avait promis à Petit Bout'chou sa part du festin. Il fit un détour par la cuisine, entassa quelques restes dans un plat. Le plat dans une main et la lampe dans l'autre main, il sortit dans la nuit et sous la pluie pour mettre son petit cochon de bonne humeur.

Et à ce moment-là, – j'en ai des frissons rien que d'y penser ! – il aperçut son papa ! Et son papa le vit également. Oh là là !

— Cours chercher Alfred, grogna son papa. Et dis-lui d'apporter un kilo de dynamite, parce que la Cabane à Trisse va finir en petit bois !

Emil fonça, Alfred accourut. Sans apporter de dynamite – le papa d'Emil ne le pensait pas vraiment –, mais avec une scie, car c'était le seul moyen pour dégager le papa d'Emil.

Tandis qu'Alfred sciait, Emil, grimpé sur une échelle, tenait nerveusement un parapluie au-dessus de son papa pour que ce dernier ne soit plus trempé par la pluie. Tu comprendras sans peine qu'Emil a passé des moments délicats sur l'échelle : son papa n'a pas cessé de grogner et de dire tout ce qu'il allait faire à Emil dès qu'il serait libre de ses mouvements. Il ne témoignait aucune gratitude à Emil de l'abriter avec le parapluie. À

quoi bon, pensait-il, puisqu'il était déjà trempé jusqu'aux os, puisque, de toute façon, il allait attraper un rhume, suivi d'une pneumonie. C'était sûr comme deux et deux font quatre. Mais Emil répliqua :

— Non, tu ne vas pas attraper de rhume, parce que ce qui importe, c'est d'avoir les pieds au sec.

Alfred partageait tout à fait cet avis :

— C'est vrai, l'important, c'est de garder les pieds au sec !

Certes, le papa d'Emil avait les pieds au sec, on ne pouvait pas le nier, cependant, il était tout sauf content, et Emil craignait l'instant où son papa ne serait plus coincé dans la lucarne.

La sciure volait sous les coups de scie d'Alfred, Emil se tenait prêt, sur ses gardes. À l'instant où la scie d'Alfred finit de couper le bois, à l'instant où le papa d'Emil tomba par terre avec fracas,

Emil abandonna le parapluie et détala vers la menuiserie. Il s'y faufila juste à temps pour verrouiller la porte sous le nez de son papa. Et, à ce

moment-là, son papa s'était bien lassé de frapper à des portes closes. Il gronda Emil avant de disparaître, car il était temps pour lui de se montrer

à la fête. Il lui fallait seulement se glisser dans la chambre et enfiler quelques vêtements secs – au moins une chemise et une veste.

— Mais où étais-tu passé ? dit la maman d'Emil, très fâchée contre son mari.

— On parlera de ça plus tard, marmonna le papa d'Emil.

Le catéchisme prit fin à Katthult, pour cette fois. Le pasteur entonna le cantique habituel, et les gens de Lönneberga le reprirent vigoureusement, chacun dans son registre.

Ils chantèrent donc *Un jour s'en va et ne reviendra pas*, et se préparèrent à affronter la nuit de novembre. Mais lorsqu'ils allèrent dans l'entrée pour enfiler leurs manteaux, ils découvrirent le tas de galoches.

— Il n'y a qu'Emil pour faire une chose aussi terrible ! s'exclamèrent les gens de Lönneberga. Tout le monde, le pasteur et son épouse y compris, passa deux heures à essayer les galoches pour retrouver les siennes. Puis ils se dirent au revoir, assez fâchés, et partirent sous la pluie.

Ils ne purent dire au revoir à Emil, car il était dans la menuiserie où il sculptait son cent quatre-vingt-quatrième bonhomme en bois.

Samedi 18 décembre

Où Emil s'est montré si brave
que les gens de Lönneberga l'ont félicité
au point d'oublier et de pardonner
toutes ses bêtises et ses farces

Noël approchait. Un soir, à Katthult, tout le monde vaquait à ses occupations. La maman d'Emil activait son rouet, le papa d'Emil réparait des chaussures, Lina cardait de la laine, Alfred et Emil taillaient des dents pour les râteaux et la petite Ida s'entêtait à essayer un jeu de doigts sur Lina, même si cela gênait Lina dans son ouvrage.

— Tu vois bien, il faut que j'essaie sur quelqu'un de chatouilleux, dit la petite Ida.

Et dans ce cas, Lina était la personne idéale. Ida faisait remonter ses petits doigts sur la robe

de Lina et répétait la rengaine qui accompagnait
ses gestes :

> *Cher Papa, Maman chérie,*
> *Donnez-moi une pincée de farine et de sel,*
> *Car je dois tuer mon cochon pour Noël,*
> *Et quand je veux le tuer, il crie !*

Quand Ida arrivait à « il crie ! », elle touchait Lina de son index et, chaque fois, Lina criait et riait, à la plus grande joie d'Ida.

Le papa d'Emil écoutait la chansonnette. Mais la phrase « je dois tuer mon cochon pour Noël » le fit certainement réfléchir car, soudain, il dit une chose épouvantable :

— Oui, Emil, c'est bientôt Noël, il serait grand temps que tu tues ton cochon !

Emil en laissa tomber son canif et regarda fixement son papa.

— Tuer Petit Bout'chou ? Jamais de la vie ! C'est *mon* cochon. Celui que j'ai eu pour mon vœu de tempérance, tu l'as oublié ?

Bien sûr, le papa d'Emil n'avait pas oublié. Mais il dit que personne dans le Småland entier n'avait jamais entendu parler d'un cochon de compagnie. Emil était suffisamment un paysan pour savoir que l'on tue le cochon quand il est assez gros, et que c'est d'ailleurs la seule raison d'en élever.

— Tu sais bien ça, pas vrai ? demanda le papa d'Emil.

Oui, Emil en avait conscience, mais, sur le moment, il ne sut quoi répondre. Il réfléchit, et trouva une bonne réponse.

— En tout cas, je suis suffisamment un paysan pour savoir que l'on garde certains cochons pour en faire des verrats. Et c'est ce que j'ai l'intention de faire avec Petit Bout'chou.

Emil savait quelque chose que tu ignores peut-être, c'est-à-dire qu'un verrat est un cochon qui va être le papa d'un tas de petits cochons. Cette occupation allait sauver Petit Bout'chou, se dit Emil, car il était tout sauf bête. Il expliqua à son papa qu'il trouverait facilement une truie pour Petit Bout'chou, et que Petit Bout'chou et la truie auraient bientôt des tas et des tas de petits porcelets.

— Ça me paraît bien, répondit le papa d'Emil. En attendant, le Noël sera bien maigre à Katthult. Pas de jambon, pas de saucisse, pas de boudin. Rien du tout !

Donnez-moi une pincée de farine et de sel,
Car je vais préparer mon boudin de Noël,

chanta la petite Ida. Emil lui cria :
— Tais-toi avec ton boudin !
Car il savait aussi que la farine et le sel ne suffisent pas pour faire du boudin. Il faut aussi du sang de porc. Mais certainement pas celui de Petit Bout'chou ! Il faudrait lui marcher sur le corps !
Le silence dura longtemps dans la cuisine, un silence pesant. Soudain, Alfred poussa un juron. Il s'était entaillé le pouce avec son canif affûté, et le sang coulait.
— Jurer n'arrangera rien, dit le papa d'Emil

d'un ton sévère. Je ne veux pas entendre de gros mots chez moi.

La maman d'Emil prit un morceau de linge propre et banda le pouce d'Alfred, qui recommença à tailler des dents pour les râteaux. C'était une tâche habituelle pendant l'hiver, on vérifiait les râteaux, on les réparait en cas de besoin, pour qu'ils soient prêts au printemps.

— Comme je l'ai déjà dit, le Noël sera bien maigre à Katthult, dit le papa d'Emil en regardant devant lui, l'air attristé.

Emil mit longtemps à s'endormir ce soir-là et, le lendemain matin, il cassa sa tirelire et prit trente-cinq couronnes. Il attela Lukas à un vieux traîneau et se rendit à Bastefall, où ils avaient plein de cochons. Il revint avec un cochon bien gras qu'il mit dans la porcherie avec Petit Bout'chou. Puis il alla trouver son papa.

— Voilà, tu as deux cochons dans la porcherie. Vas-y, et tues-en un, mais je te préviens, ne te trompe pas !

Emil était très en colère, une de ces colères qui lui arrivaient parfois, et peu lui importait s'il s'adressait à son papa. À ses yeux, c'était épouvantable d'obtenir la vie sauve pour Petit Bout'chou en faisant tuer un autre malheureux cochon à sa place. Mais il ne voyait pas d'autre solution et il savait que, sinon, son papa ne le laisserait jamais tranquille, puisqu'il ne comprenait rien aux cochons de compagnie.

Emil ne mit pas les pieds à la porcherie pendant deux jours. Il laissa Lina nourrir les cochons. Le matin du troisième jour, il se réveilla alors qu'il faisait encore nuit noire, il entendit crier un cochon. Des cris aigus et perçants. Puis, soudain, le silence.

Emil souffla de la buée sur le carreau gelé afin de pouvoir jeter un coup d'œil. Il vit la lampe qui brillait près de la porcherie, et des ombres qui bougeaient. Il savait que le cochon était mort. Lina récupérait le sang de la bête égorgée. Son papa et Alfred allaient l'échauder, le dépecer et le découper. Dans la buanderie, Krösa-Maja et Lina allaient nettoyer les tripes et c'en serait fini du cochon qu'Emil avait acheté à Bastefall.

— « *Et quand je veux le tuer, il crie* », murmura

Emil qui retourna se glisser dans le lit, et qui pleura longtemps.

Mais l'homme est ainsi fait qu'il oublie, et Emil oublia aussi. Dans l'après-midi, il resta un moment dans la porcherie à gratter Petit Bout'chou, et il dit, d'un air pensif :

— Tu es vivant, Petit Bout'chou ! C'est incroyable, mais tu es bien vivant, toi.

Puis il décida d'oublier complètement le cochon de Bastefall. Le lendemain, dans la cuisine, Krösa-Maja et Lina découpèrent des morceaux de lard à tour de bras, la maman d'Emil prépara des saucisses et du boudin, elle mit le jambon dans la saumure, Lina chanta *Le vent glacé souffle de la mer*, et Krösa-Maja raconta l'histoire du fantôme du presbytère qui n'avait pas de tête. Emil était content de toute cette activité, il ne pensait plus au cochon de Bastefall, il se disait que ce serait bientôt Noël, et combien il était chouette que la neige ait enfin commencé à tomber vraiment.

— Il va tomber des tombereaux de neige, dit la petite Ida.

C'est ce que l'on dit au Småland quand il neige beaucoup.

Et il neigea énormément. Plus la journée avança, plus il neigea. Le vent forcit également et la neige tourbillonnait tellement que l'on ne voyait même plus l'étable quand on regardait par la fenêtre.

— Oui, ça va tourner à la tourmente, dit Krösa-Maja. Comment est-ce que je vais rentrer chez moi ?

— Tu vas rester ici cette nuit, dit la maman d'Emil. Tu peux dormir sur la banquette de la cuisine, avec Lina.

— D'accord, mais tu bougeras pas plus qu'un cochon mort, parce que tu sais combien je suis chatouilleuse, moi ! ajouta Lina.

Au dîner, Alfred se plaignit de son pouce. Il dit qu'il avait mal et la maman d'Emil défit le bandage pour voir pourquoi la blessure n'avait pas guéri.

Elle n'aima pas du tout ce qu'elle vit. Oh non ! La blessure était vilaine, rouge, purulente et enflée, des stries rouges partaient du pouce jusqu'au poignet.

Les yeux de Krösa-Maja commencèrent à pétiller.

— C'est un empoisonnement du sang, ça, dit-elle. C'est très grave.

La maman d'Emil prit la bouteille de solution de sublimé et mit un cataplasme sur la main et le bras d'Alfred.

— Si ça ne va pas mieux demain matin, tu ferais mieux d'aller chez le médecin à Mariannelund, dit-elle.

Cette nuit-là, une tempête de neige fit rage sur le Småland, la pire tempête de mémoire d'homme et, au matin, Katthult se réveilla comme si la ferme entière était couverte par une énorme congère de neige douce. Et le mauvais temps continua. Il neigea, le vent souffla si fort que l'on pouvait à peine sortir le bout de son nez, le vent sifflait dans la cheminée. Ouh ! On n'avait jamais vu ça !

— Alfred va devoir pelleter de la neige toute la journée, dit Lina. Quoique, au fond, inutile de se donner cette peine, ça ne servira à rien.

Du reste, Alfred ne pelleta pas de neige ce jour-là. Au petit déjeuner, sa place resta vide, et il ne donna aucun signe de vie. Emil s'inquiéta. Il mit sa gampette et son épais manteau d'hiver et sortit. Il prit la pelle à la porte de la cuisine et se fraya rapidement un chemin jusqu'aux communs, qui étaient voisins de la menuiserie.

Lina l'observa par la fenêtre et elle approuva d'une mine réjouie.

— C'est malin de la part d'Emil de dégager la neige, comme ça, il pourra aller à la menuiserie à toute vitesse. C'est vrai, quoi, on ne sait jamais quand il peut en avoir besoin.

Qu'est-ce qu'elle était bête, Lina ! Elle ne comprenait pas qu'Emil allait voir Alfred !

Il faisait froid dans la chambre des communs quand Emil y entra. Alfred n'avait pas chauffé. Il était allongé sur sa banquette et refusait de se lever. Il ne voulait pas manger non plus. Il dit qu'il n'avait pas faim. Cela inquiéta Emil encore plus. Si Alfred n'avait pas faim, c'est qu'il était sérieusement mal en point.

Emil mit du bois dans le poêle et l'alluma, puis il courut chercher sa maman. Elle vint, accompagnée du papa d'Emil, de Lina, de Krösa-Maja et de la petite Ida, car tout le monde se faisait du souci pour Alfred.

Pauvre Alfred, il était couché, immobile, les yeux fermés. Il était brûlant comme un chaudron, pourtant, il tremblait. Les stries rouges avaient grimpé le long de son bras, elles atteignaient désormais le creux de l'aisselle. Cela avait mauvaise allure.

Krösa-Maja s'empressa de dire :

— Quand ces marques atteindront le cœur, ça sera fini. Il mourra.

— Tais-toi, dit la maman d'Emil, mais il n'était pas facile de faire taire Krösa-Maja.

Elle connaissait au moins une demi-douzaine de personnes, rien que dans le canton de Lönneberga, qui étaient mortes d'empoisonnement du sang, et elle les compta sur ses doigts, un à un.

— Mais ça ne veut pas dire qu'il faut abandonner tout espoir pour Alfred, ajouta-t-elle.

Elle pensait que cela aiderait peut-être si l'on

prenait une mèche des cheveux d'Alfred, avec un petit bout de sa chemise, et si l'on enterrait le tout à minuit, au nord de la maison, tout en pronçant un sort efficace. Elle connaissait une très bonne formule :

— Fi ! Fi ! Fi ! Que ce qui vient du Diable retourne à Satan ! Fi ! Fi ! Fi !

Mais le papa d'Emil dit qu'il y avait déjà eu assez de sorts et de jurons comme ça, avec celui proféré par Alfred lorsqu'il s'était entaillé le pouce. Et s'il fallait enterrer quelque chose au nord de la maison, par ce temps, et au milieu de la nuit, Krösa-Maja n'avait qu'à s'en occuper elle-même.

Krösa-Maja secoua la tête d'un air navré :

— Bon, bon, bon, dans ce cas, advienne que pourra...

Emil se mit en colère :

— Qu'est-ce que c'est que ces sornettes ? Alfred sera bientôt guéri, tu ne le vois donc pas ?

Krösa-Maja changea de ton.

— Bien sûr, mon petit Emil, il va guérir, oui, oui, il sera bientôt guéri.

Et pour renforcer ses paroles, elle donna une petite tape à Alfred, toujours endormi.

— Allez Alfred, tu seras bientôt guéri. Je le vois bien !

Mais elle regarda la porte de la chambre et marmonna entre ses dents :

— En revanche, ce que je ne vois pas, c'est

comment ils vont faire passer un cercueil par une porte aussi étroite.

Emil l'entendit et se mit à pleurer. Il tira avec inquiétude sur la manche du manteau de son papa.

— Il faut emmener Alfred chez le docteur à Mariannelund, comme l'a dit Maman.

À ce moment-là, le papa et la maman d'Emil s'adressèrent un regard étrange. Il n'y avait pas la moindre possibilité d'aller à Mariannelund ce jour-là. Ils le savaient. Oui, c'était sans espoir, et c'était difficile de le dire sans détour à Emil alors qu'il était si triste. Le papa et la maman d'Emil auraient aimé aider Alfred, mais ils ne savaient pas comment, et ils ne savaient pas quoi dire à Emil. Le papa d'Emil sortit de la chambre, l'air penaud, sans un mot. Mais Emil ne renonça pas. Il suivit son papa partout, il pleura, il supplia, il cria, il s'énerva. Pourtant, son papa ne se mit pas en colère et lui répondit tout doucement :

— Ce n'est pas possible, Emil, tu sais que nous ne pouvons rien faire !

Dans la cuisine, Lina pleurait à chaudes larmes.

— Et moi qui pensait que nous allions nous marier au printemps. C'est cuit, maintenant, et je me retrouve avec quatre draps et une douzaine de mouchoirs. C'est du joli !

Finalement, Emil finit par comprendre la situation. Il n'y avait rien à faire, rien à espérer. Il retourna dans les communs. Il passa toute la journée dans la chambre d'Alfred, et ce fut le jour le plus long de sa vie. Alfred était couché, les yeux fermés. Il les ouvrait de temps en temps, et il disait chaque fois :

— Ah, tu es là, Emil !

Emil regardait par la fenêtre la neige qui tourbillonnait, il la détestait tellement, il bouillait tellement de rage que tous les flocons de Lönneberga et du Småland entier auraient pu fondre. Mais Emil se dit que le monde allait être étouffé sous la neige, puisqu'elle continuait à tomber autant.

Les journées d'hiver sont courtes, même si elles paraissent bien longues pour celui qui reste à attendre, comme Emil. La lumière commença à décliner, il allait bientôt faire nuit.

— Ah, tu es là, Emil ! répéta Alfred, mais il avait de plus en plus de mal à prononcer ces paroles.

La maman d'Emil apporta du bouillon de viande à Emil. Elle essaya d'en faire boire à Alfred, mais il n'en voulait pas. La maman d'Emil poussa un soupir et sortit de la chambre.

Dans la soirée, Lina vint dire à Emil que c'était l'heure d'aller au lit. Il devait bien le savoir.

— Je vais rester par terre, à côté d'Alfred, répondit-il.

Et il ne bougea pas.

Il trouva un vieux matelas et une couverture de cheval. Il n'avait pas besoin de plus pour dormir. D'ailleurs, il n'arriva pas à s'endormir. Il resta éveillé à regarder les braises s'éteindre dans le poêle, il entendait le tic-tac du réveil d'Alfred, il entendait la respiration trop rapide d'Alfred, il l'entendait gémir. Il somnola un peu, mais, chaque fois, il se réveillait en sursaut, secoué par le chagrin. À mesure que la nuit avançait, il sentit clairement que tout allait de travers et qu'il serait bientôt trop tard pour changer quoi que ce soit.

À quatre heures du matin, Emil décida d'agir. Il allait emmener Alfred chez le docteur à Mariannelund, même s'ils devaient y laisser leur vie dans cette tentative.

— Alfred, tu ne vas pas rester dans ton lit et mourir comme ça. Ce n'est pas possible !

Emil ne dit pas ces mots à haute voix. Mais ce qui lui vint à l'esprit, il le pensait vraiment. Il se mit immédiatement à faire des préparatifs. Il s'agissait de filer avant que les autres ne se réveillent, et l'empêchent de partir. Il lui restait une heure avant que Lina n'aille traire les vaches, et tout devait être prêt d'ici là.

Nul ne sait comment Emil s'est débrouillé, ni combien il s'est démené pendant cette heure. Il fallut sortir le traîneau de la remise, il fallut sortir Lukas de l'écurie et l'atteler, il fallut sortir Alfred du lit et le faire monter dans le traîneau. Ce fut le plus difficile. Le pauvre Alfred titubait, il s'appuyait lourdement sur Emil et lorsqu'il parvint enfin au traîneau, il s'effondra tête la première dans les peaux de mouton et resta sans bouger comme s'il était déjà mort.

Emil l'emmitoufla et ne laissa dépasser qu'un petit bout de son nez, puis il s'assit sur le siège, tira les rênes et cria : « Hue ! » à Lukas. Il était temps de partir. Mais Lukas se retourna et regarda Emil d'un air incrédule. Emil ne comprenait-il donc pas que c'était pure folie que de partir ainsi dans la neige ?

— Pour le moment, c'est moi qui commande, dit Emil, mais sur la route, Lukas, tout dépendra de toi !

La lumière fut allumée dans la cuisine, Lina était réveillée. C'est à la dernière minute qu'Emil, Lukas et le traîneau franchirent la barrière de Katthult avant de s'engager sur la route battue par la neige et le vent.

Oh là là, quelle tempête s'abattit sur lui ! La neige lui arrivait jusque dans les oreilles, elle fai-

sait comme un mur devant ses yeux – et il avait
besoin de voir la route ! Il s'essuya le visage avec
sa moufle, mais il ne vit toujours pas la route,
malgré les deux lanternes du traîneau. Il n'y avait
plus de route. Il n'y avait que de la neige. Mais
Lukas était déjà allé de nombreuses fois à Mariannelund. Peut-être se rappelait-il, au fond de sa
mémoire de cheval, où se trouvait la route. Lukas,
résistant et tenace, était le cheval idéal par une
tempête de neige ! Malgré tout, il parvint à tirer
le traîneau à travers les congères. Ils avançaient
avec lenteur, il y avait des secousses à chaque fois
que le traîneau était bloqué, mais chaque fois, ils
repartaient, ils avançaient un peu. Parfois, Emil
était obligé de descendre et de dégager la neige.
Emil était fort comme un jeune taureau, et, cette

nuit-là, il pelleta tellement de neige qu'il ne l'oublia jamais.

— Tu sais, on trouve des forces quand on en a besoin, expliqua-t-il à Lukas.

Oui, Emil était fort, oui, ils avancèrent assez bien pendant les cinq premiers kilomètres, mais ensuite, ce fut dur, oui, ce fut épouvantable pour Emil. Il était fatigué maintenant, la pelle semblait tellement lourde, et il n'arrivait plus à la manier proprement. Il était gelé, ses doigts et ses oreilles lui faisaient mal à cause du froid, malgré la grosse écharpe nouée par-dessus sa gampette – pour que le vent ne lui emporte pas les oreilles. Oui, la situation était épouvantable, et, peu à peu, il perdait courage. Emil se demanda si son papa n'avait pas eu raison quand il avait dit : « Ce n'est pas possible, Emil, tu sais que nous ne pouvons rien faire ! »

Lukas aussi commençait à faiblir. Il avait de plus en plus de mal à dégager le traîneau lorsqu'il était bloqué. Soudain, ce qu'Emil avait craint depuis le début finit par arriver. Le traîneau

s'enfonça, et Emil comprit qu'ils étaient tombés dans le fossé.

Oui, ils étaient dans le fossé, et ils n'en bougèrent pas. Lukas eut beau tirer, Emil eut beau pousser à s'en faire saigner le nez, le traîneau ne bougea pas.

Emil se mit dans une colère noire, il était tellement furieux contre la neige, le traîneau et le fossé qu'il en perdit la tête. Il poussa un cri, et l'on aurait cru entendre un hurlement de désespoir. Lukas eut peur, et peut-être Alfred, lui aussi, mais il ne donnait aucun signe de vie. Emil prit peur à son tour, et il s'arrêta net de crier.

— Alfred, tu es toujours vivant ? demanda-t-il, inquiet.

— Non, là, je suis mort, répondit Alfred d'une voix rauque, une voix étrange et terrifiante.

La colère d'Emil s'évanouit, laissant seulement la place au chagrin. Il se sentait tellement seul. Même si Alfred était juste à côté dans le traîneau, Emil était totalement seul et n'avait personne pour l'aider. Il ne savait pas quoi faire. Il avait envie de se coucher dans la neige et de dormir, de dormir pour tout oublier.

Non loin, un peu à l'écart de la route, il y avait une ferme, celle qu'Emil avait surnommée la Grille aux Crêpes. Il y avait de la lumière dans l'étable, et Emil reprit espoir.

— Alfred, je vais chercher de l'aide, dit-il, mais Alfred ne répondit pas.

Emil avança avec peine dans les congères profondes et lorsqu'il franchit la porte de l'étable, il ressemblait plus à un bonhomme de neige qu'autre chose.

C'était le fermier de la Grille aux Crêpes en personne qui était dans l'étable, et il fut très surpris en découvrant le gamin de Katthult à la porte, couvert de neige, le nez en sang et les larmes aux yeux. Oui, Emil pleurait maintenant, il ne pouvait s'en empêcher, et il savait qu'il faudrait beaucoup d'efforts pour faire sortir dans la neige le fermier de la Grille aux Crêpes. Ce dernier renâcla, mais il comprit qu'il ne pouvait pas faire autrement. Avec un cheval, une corde et un crochet, il sortit le traîneau du fossé, mais il n'arrêta pas de râler.

Si le fermier de la Grille aux Crêpes avait eu
un peu de gentillesse et d'humanité, il aurait tenté
d'aider Emil à arriver à Mariannelund, mais il
n'en fit rien. Emil et Lukas furent obligés de pour-
suivre comme ils le pouvaient leur périple déses-
pérant dans la tempête de neige. Ils firent de leur
mieux, tous les deux, mais ils étaient tellement
fatigués, ils avançaient tellement lentement. Au
bout d'un moment, Emil finit par abandonner. Il
n'avait même plus la force de soulever la pelle
pour dégager la neige.

— Je n'en peux plus, Alfred, dit-il, en larmes.

Il restait à peine deux kilomètres jusqu'à
Mariannelund, et c'était terrible pour lui de
renoncer si proche du but.

Alfred ne faisait plus un bruit. Il est sans doute mort, se dit Emil. Lukas baissait la tête, comme s'il avait honte : lui aussi, il n'en pouvait plus.

Emil s'assit sur le siège du traîneau. Il pleura en silence, la neige le recouvrait, et il ne bougea pas. Tout était fini, la neige pouvait continuer de tomber, cela n'avait plus d'importance.

Il ferma les yeux, il voulait s'endormir. Il se dit qu'il n'avait qu'à rester là, sur le traîneau, et dormir, recouvert de neige. Ce serait bien.

Ainsi, il n'y avait pas de neige, et ce n'était pas l'hiver. Oui, c'était même l'été, car il se baignait dans le lac de Katthult avec Alfred. Alfred voulait lui apprendre à nager, sacré Alfred, avait-il donc oublié qu'Emil savait déjà nager ? C'était même Alfred qui le lui avait appris, des années plus tôt, l'avait-il oublié ? Emil devait lui montrer comme il se débrouillait bien. Ainsi, ils nagèrent ensemble, ils nagèrent et nagèrent encore, de plus en plus loin dans le lac, l'eau était bonne et Emil dit : « Toi et moi, Alfred ! » Il attendit la réponse habituelle d'Alfred : « Oui Emil, toi et moi. Je te l'avais bien dit. » Mais à la place, il entendit des grelots. Ça n'allait pas, on n'entendait pas de grelots quand on se baignait dans le lac !

Emil s'extirpa de son rêve et ouvrit les yeux avec peine. *C'est alors qu'il vit le chasse-neige !* Oui, il y avait un chasse-neige en plein milieu de la tempête, et ce chasse-neige ne pouvait venir que de Mariannelund. L'homme qui le conduisait regarda fixement Emil comme s'il voyait un fantôme, et non un petit garçon de la ferme de Katthult, complètement noyé dans la neige.

— Est-ce que la route est dégagée jusqu'à Mariannelund ? demanda Emil avec excitation.

— Oui, répondit le conducteur, à condition de se dépêcher. Dans une demi-heure, elle sera de nouveau aussi mauvaise.

Mais une demi-heure suffit à Emil.

La salle d'attente du docteur était bondée quand Emil y entra en trombe. Au même moment, le docteur sortit la tête de son cabinet de consultation pour voir qui était le prochain patient. Emil cria et fit sursauter tout le monde :

— Alfred est dans le traîneau, il est en train de mourir !

Le docteur n'était pas idiot. Il désigna deux messieurs qui attendaient pour porter Alfred sur la table d'opération. Et après avoir rapidement examiné Alfred, il cria :

— Allez, rentrez tous chez vous ! J'ai beaucoup à faire !

Emil avait cru qu'Alfred serait rétabli à l'instant où il mettrait les pieds chez le docteur, mais, là, il vit que le docteur secouait la tête à peu près comme Krösa-Maja, et il eut peur. Et si, malgré tout, c'était trop tard ? Et si on ne pouvait pas soigner Alfred ? Il eut terriblement mal en y pensant, et, avec des sanglots dans la voix, il assaillit le docteur :

— Je te donnerai mon cheval si tu le guéris…

Et mon cochon aussi. Tu crois que tu peux le guérir ?

Le docteur regarda longuement Emil.

— Je vais faire ce que je peux, mais je ne promets rien !

Alfred était étendu là, sans montrer le moindre signe de vie mais, soudain, il ouvrit les yeux et adressa un regard confus à Emil.

— Ah, tu es là, Emil ! dit-il.

— Oui, c'est bien Emil, dit le docteur, mais maintenant, il vaut mieux qu'il sorte un moment, parce que je vais t'opérer, Alfred.

On vit bien l'angoisse dans le regard d'Alfred. Il n'avait pas l'habitude du docteur et des opérations.

— Je crois qu'il a un peu peur, dit Emil. Il vaut peut-être mieux que je reste avec lui.

Le docteur acquiesça.

— Écoute, puisque tu as réussi à l'amener jusqu'ici, tu es bien capable de rester.

Emil prit la main valide d'Alfred dans la sienne et ne la lâcha pas tandis que le docteur opéra l'autre main. Alfred ne fit pas un bruit. Il ne cria pas, il ne pleura pas, seul Emil pleurait, mais en silence, et personne ne s'en aperçut.

Emil ne rentra à Katthult que la veille de Noël, avec Alfred. À ce moment-là, tout Lönneberga était au courant de son acte héroïque, et tout le monde était ravi.

— Ce petit gars de Katthult, moi, je l'ai toujours trouvé bien, disaient-ils. Je ne comprends pas pourquoi les gens sont toujours à se plaindre de lui ! Une farce par-ci par-là, tous les garçons en font !

Emil rapporta également à ses parents une lettre du docteur, qui disait, entre autres :

Vous avez un garçon dont vous pouvez être fiers.

Et la maman d'Emil écrivit dans le cahier bleu :

Seigneur, quel récconfort pour mon pauvre cœur de mère qui a si souvent désaispéré d'Emil. Et je vais veiller à ce que tout ça se sache dans la paroisse !

Mais quels jours d'inquiétude n'avaient-ils pas vécus à Katthult ! Lorsque, aux premières heures de ce matin terrible, on avait découvert qu'Emil et Alfred avaient disparu, le papa d'Emil avait tellement eu peur qu'il en avait eu mal au ventre, et avait été obligé de se coucher. Il croyait ne jamais revoir Emil vivant. Puis on avait eu des nouvelles de Mariannelund qui l'avaient apaisé, mais il avait encore mal au ventre quand Emil se précipita dans la chambre pour montrer à son papa qu'il était bien rentré.

Le papa d'Emil eut les yeux humides en voyant Emil.

— Tu es un bon garçon, Emil, dit-il.

Emil fut tellement heureux que son cœur fit un bond. C'était un de ces jours où il aimait bien son papa.

La maman d'Emil était là aussi, rayonnante de fierté.

— Oui, notre Emil, c'est un bon garçon, dit-elle en donnant une petite tape dans l'épaisse tignasse de doux cheveux blonds.

Le papa d'Emil avait un couvercle de marmite chaud sur l'estomac, parce que cela calmait son mal de ventre. Mais le couvercle avait refroidi, et il fallait le réchauffer.

— Je vais le faire, dit Emil, avec enthousiasme. Maintenant, j'ai l'habitude de m'occuper des malades.

Le papa d'Emil acquiesça.

— Et toi, tu peux m'apporter un verre de jus de fruits, dit-il à la maman d'Emil.

Et il était très content : il n'avait qu'à rester au lit, avec tout le monde qui se montrait aux petits soins avec lui !

Cependant, la maman d'Emil avait beaucoup à faire, et il s'écoula un moment avant qu'elle n'ait le temps de s'occuper du jus de fruits. À l'instant où elle venait de le verser, elle entendit un hurlement dans la chambre. C'était le papa d'Emil qui criait.

La maman d'Emil n'hésita pas une seconde, elle se précipita, et se trouva nez à nez avec le couvercle de la marmite qui roulait droit vers elle.

Elle l'évita de justesse, mais, dans sa surprise, elle renversa le jus de fruits, qui tomba sur le couvercle. Et là, elle entendit un grésillement violent.

— Malheureux ! Qu'as-tu fait avec le couvercle de la marmite ? Comment l'as-tu chauffé ? demanda-t-elle à Emil qui restait planté là, les bras ballants.

— Je croyais qu'il fallait le chauffer à peu près comme un fer à repasser, répondit Emil.

Apparemment, le papa d'Emil s'était assoupi pendant qu'Emil était dans la cuisine à réchauffer le couvercle de la marmite sur le fourneau. Quand Emil était retourné dans la chambre, il avait vu son père paisiblement endormi et, bien sûr, il n'avait pas voulu le réveiller. Il avait donc glissé doucement le couvercle sous le duvet pour le poser sur le ventre de son papa. C'était vraiment pas de chance si le couvercle était trop chaud.

La maman d'Emil fit son possible pour calmer son mari.

— Allons, allons, je vais chercher un baume, dit-elle.

Mais le papa d'Emil se leva. Il dit qu'il ne pouvait plus rester au lit maintenant qu'Emil était rentré. De plus, il voulait dire bonjour à Alfred.

Alfred était dans la cuisine, très pâle, le bras toujours bandé, mais il avait quand même l'air content et de bonne humeur. Lina tournait autour de lui, débordante d'enthousiasme. Elle et Krösa-Maja astiquaient les cuivres, les casseroles, les marmites et les bassines qui devaient briller et étinceler pour Noël. Lina était incapable de tenir en place, elle tourbillonnait autour d'Alfred avec un chiffon dans une main et un moule à gâteau dans l'autre main et se comportait comme si elle venait soudain de découvrir une pépite d'or dans sa cuisine. La petite Ida, elle aussi, ne quittait pas Alfred des yeux. Elle le dévisageait avec le plus grand sérieux, comme si elle n'était pas sûre que ce soit vraiment le même Alfred qui était rentré à la maison.

Ce fut aussi un moment de triomphe pour Krösa-Maja. En effet, elle parla d'empoisonnement du sang à n'en plus finir, et l'on aurait cru qu'elle bavait de joie. Elle déclara qu'Alfred pouvait s'estimer heureux que les choses aient si bien tourné pour lui.

— Et ce n'est pas le moment de faire le bravache, car, vois-tu, l'empoisonnement du sang, c'est une affaire diablement grave et diablement longue, et on est encore malade longtemps après avoir guéri. Oui, ma foi, c'est comme ça.

Ce fut une belle soirée à Katthult. La maman d'Emil sortit une de ces nouvelles saucisses de gruau, et l'on fit un vrai festin dans la cuisine décorée. Ils furent tous très heureux, Emil, sa maman, son papa, la petite Ida, Alfred, Lina et Krösa-Maja. Oui, c'était vraiment comme Noël, avec des bougies sur la table, et tout ce qui va avec. En plus, la saucisse était merveilleusement délicieuse, craquante et croquante à souhait, et ils la mangèrent avec des airelles fraîches. Alfred, en particulier, mangea de bon appétit, même s'il avait du mal à se débrouiller avec une seule main.

Lina le regardait amoureusement et, soudain, une idée lui vint à l'esprit :

— Mais au fait, Alfred, maintenant, tu n'as plus le sang empoisonné, alors on pourrait se marier au printemps, n'est-ce pas ?

Alfred fut tellement surpris qu'il sursauta et renversa plein d'airelles sur son pantalon.

— Je promets rien, moi, dit-il. Il me reste encore un pouce. Et qui sait si j'aurais pas un empoisonnement du sang dans cet autre pouce ?

— Attention, objecta Emil, si tu fais un coup pareil, c'est moi qui vais t'enterrer dans un coin au nord de la maison, parce que je ne suis pas près de t'emmener à Mariannelund une deuxième fois.

Krösa-Maja lança un regard noir à Emil.

— Ah, toi, il faut toujours que tu te moques de tout, je le sais bien, dit-elle, vexée.

Alors qu'ils étaient attablés à la lueur des bougies de Noël, ravis de cette atmosphère si agréable et solennelle, la maman d'Emil sortit de son tablier la lettre du docteur, et lut à haute voix ce qu'il avait écrit sur Emil. Elle pensait que cela ne pourrait pas faire de mal s'ils l'entendaient.

Tout le monde garda le silence quand elle finit sa lecture, car cette lettre contenait de grands mots et de bien belles paroles. Finalement, la petite Ida déclara :

— Emil, c'était sur toi, tout ça !

Mais Emil avait l'air très embarrassé et ne savait plus où se mettre. Tout le monde le regardait et il n'aimait pas cela, et il regarda obstinément par la fenêtre. Mais ce n'était guère plus réjouissant, car la neige avait recommencé à tomber, et il comprenait qui devrait dégager l'accès, le lendemain matin.

Il reprit une bouchée de saucisse de gruau, mais

il la mangea en gardant les yeux baissés. Il leva brièvement la tête pour voir si on l'observait encore.

C'était le cas de sa maman. Elle ne parvenait pas à quitter des yeux son garçon adoré. Il était tellement mignon avec ses joues rouges, sa tignasse de doux cheveux blonds et ses grands yeux bleus. Oui, il ressemblait vraiment à un petit ange de Noël, en outre, elle avait les mots du docteur qui lui donnaient raison d'être fière de lui.

— C'est étrange, dit-elle. Parfois, quand je regarde Emil, j'ai le sentiment qu'il deviendra quelqu'un d'important.

Le papa d'Emil fit une moue dubitative.

— Important ? Et comment ça ? demanda-t-il.

— Eh bien, comment dire ? Peut-être sera-t-il président du conseil communal – ou autre chose.

Lina éclata de rire.

— Mais enfin, c'est pas possible d'avoir un préssédent du conseil communal qui *fait des farces* !

La maman d'Emil dévisagea Lina d'un air sévère mais ne lui répondit pas, et elle se contenta de passer le plat de saucisses d'un geste brusque.

Emil se resservit et, tout en versant de la confiture d'airelles sur la saucisse, il se mit à réfléchir à ce que sa maman avait dit. Voyons, voyons, si jamais il devenait président du conseil communal quand il serait grand, ce ne serait tout de même pas mal ! Après tout, quelqu'un devait bien être ce président !

Puis il pensa à ce que Lina avait dit. Si jamais il devait être un président du conseil communal qui fait des farces… Dans ce cas, quelles farces pouvait-on envisager ?

Il versa du lait dans son verre et continua à réfléchir… Les farces du président du conseil communal devraient être plus conséquentes que des farces normales. Mais des farces comme ça, on ne les inventait pas en un tournemain. Il prit son verre pour boire une gorgée de lait, mais, à cet instant précis, il pensa à une farce, une farce très rigolote, et il éclata de rire. Et le lait atterrit sur la table, et sur son papa. Cependant, son papa ne se mit pas en colère, après tout, il ne pouvait pas gronder quelqu'un qui avait fait un tel acte héroïque et que le docteur venait de féliciter autant.

Le papa d'Emil se contenta donc de s'essuyer et de dire d'un ton sec :

— Oui, on voit bien qui vient de rentrer !

— Allons, allons, ne dis pas des choses comme ça, lui répondit la maman d'Emil, d'un air de reproche.

Le papa d'Emil se tut et resta un moment plongé dans ses réflexions sur l'avenir de son fils.

— Je doute qu'Emil devienne président du conseil communal, finit-il par dire. Mais je pense qu'il a ce qu'il faut pour devenir quelqu'un de bien, s'il a la santé et si Dieu le veut.

La maman d'Emil acquiesça vigoureusement.

— Oui ! Si Dieu le veut !

— Et si Emil le veut, ajouta la petite Ida.
Emil fit un petit sourire.

— On verra, dit-il, on verra.

Après le soir vint la nuit. Tout le monde dormit paisiblement, et la neige tomba sur Katthult, sur Lönneberga et sur tout le Småland.

Non, ne t'inquiète pas ! Le docteur n'est pas venu prendre Lukas et Petit Bout'chou. Il les a laissés à Emil.

Note du traducteur

La monnaie suédoise est la couronne, qui se divise en 100 öre.

À la vente aux enchères de Backhorva, le papa d'Emil paie la « somme colossale » de 80 couronnes pour une vache, plus tard, Emil achète un cochon pour 35 couronnes. À titre de comparaison, à l'époque où se passent les aventures d'Emil, vers 1890, un ouvrier dans l'industrie gagnait 2 couronnes par jour, pour neuf à dix heures de travail. Le salaire d'une institutrice de campagne était de 300 couronnes par an, plus un logement et du bois de chauffage.

Note du traducteur

TABLE

« Pour l'éditeur, le principe est d'utiliser des papiers composés de fibres naturelles, renouvelables, recyclables et fabriquées à partir de bois issus de forêts qui adoptent un système d'aménagement durable. En outre, l'éditeur attend de ses fournisseurs de papier qu'ils s'inscrivent dans une démarche de certification environnementale reconnue. »

Édité par la Librairie Générale Française – LPJ
(58, rue Jean-Bleuzen, 92170 Vanves)

Composition PCA
Achevé d'imprimer en France par CPI
Dépôt légal 1re publication : octobre 2018
32.2633.9 / 03 – ISBN : 978-2-01-322633-2
Loi n° 49-956 du 16 juillet 1949 sur les publications destinées à la jeunesse
Dépôt légal : novembre 2018